Die warme Seite des Winters
Paula Roose

Roose inside

Paula Roose

Die warme Seite des Winters

Adventskalender für Erwachsene

Bibliografische Information der Deutschen Nationalbibliothek: Die Deutsche Nationalbibliothek verzeichnet
diese Publikation in der Deutschen Nationalbibliografie;
detaillierte bibliografische Daten sind im Internet über
http://dnb.dnb.de abrufbar.

Lektorat: Susanne Bienwald, www.susannebienwald.de
Kurzlektorat: Katherina Ushachov, phoenixlektorat.com
Korrektorat: Schreib- und Korrekturservice Heinen,
www.sks-heinen.de, Paula Roose
Covergestaltung: Rica Aitzetmüller,
Cover & Books - Buchcoverdesign unter Verwendung von
Adobe Stock Motiven!
Copyright Logo und Rose: © 2017 Samer Al Kousa

Herstellung und Verlag: BoD – Books on Demand,
Norderstedt
ISBN 9783752859034

Inhaltsverzeichnis

1. Tag

»Du kannst hier nicht bleiben!«

Die Worte drangen von irgendwoher an sein Ohr, dumpf, als hätte er den Kopf unter Wasser. Er wollte es nicht hören. Es kam ja doch immer aufs Gleiche heraus. Nimm deine Sachen und geh! Also tat er, als bemerkte er nichts und hielt die Augen geschlossen. So konnte er wenigstens noch einen Moment bleiben.

»Komm schon, Rudi. Ich weiß, dass du nicht schläfst. Die Bibelstunde fängt gleich an. Die Leute wollen keine P… Obdachlose im Eingang.«

Er brummte etwas Unverständliches, nur um ein Geräusch von sich zu geben.

»Geh ins Pennerkästchen. Bei dieser Kälte kann man nicht draußen schlafen.«

Jetzt öffnete er die Augen. Sein Atem bildete einen feinen Nebel vor seinem Gesicht. Die Kirchennische am Seiteneingang war einer der wenigen Orte, die einigermaßen windgeschützt waren. Die anderen guten Plätze waren längst besetzt. »Pennerkästchen? Bis ich da bin, sind die voll.«

»Ich kann anrufen. Dann halten sie dir ein Bett frei.«

»Die reservieren nicht. Das weißt du.«

Der Mann, der mit ihm sprach, war Theo, Kastellan der Marktkirche. »Normal nicht. Aber mein Freund hat heute Dienst. Ich kann ihn bitten, so unter uns. Darfst du nur nicht verraten.«

Er hatte sich noch immer nicht bewegt. Von der Straße war das Klappen einer Autotür zu hören.

»Jetzt mach schon, Rudi. Ich will keinen Ärger.«

»Nee, schon klar. Penner unerwünscht.«

»So ist es jetzt auch nicht. Immerhin finanziert die Gemeinde einen guten Teil vom Pennerkästchen. Soll ich da nun anrufen oder nicht?«

»Ja, mach mal.« Er rappelte sich auf und sammelte seine Sachen zusammen: einen abgewetzten Rucksack und eine blaue Tragetasche mit Schlafsack und Isomatte.

Unterdes hatte Theo sein Handy gezückt. Das Telefonat dauerte keine Minute. Er nickte Rudi zu. »Eine viertel Stunde. Länger nicht. Schaffst du das? Ist ja nicht weit.«

»Ja, ja, geht schon.« Er wollte Danke sagen. Aber seine Lippen waren festgefroren, als er die ersten Stufen hinunterstieg. Rasch senkte er den Kopf und ließ Theo stehen. Der Kastellan war in Ordnung, drückte hin und wieder ein Auge zu, wenn er sich in die Nische gehockt hatte. Eigentlich wusste er selbst nicht, warum er dorthin ging. Vielleicht, weil die alten Mauern ein bisschen Wärme gespeichert hatten und man ihn von der Straße aus nicht gleich sehen konnte. Andere Obdachlose suchten nach Ladenschluss in den Eingängen der Geschäfte Zuflucht. Oder unter einer Brücke. Da war es sogar wärmer. Aber er mochte es nicht, wenn die Leute an ihm vorbeizogen. Und er mochte es nicht, wenn sie ihm Münzen hinwarfen. Obwohl jeder einzelne Euro ihn am Leben hielt. Ins Jobcenter für Wohnungslose ging er schon lange nicht mehr, um sich seine Stütze abzuholen. Dort warteten sie doch nur auf ihn, damit die Gläubiger ihn endgültig einbuchten konnten, weil er die gottverdammten Schulden nicht bezahlt hatte. Und Freiheit war das Einzige, das er noch besaß, außer seinem Schlafsack und seiner Therm-A-Rest, aufblasbar, fünf Zentimeter dick. Die hatte Theo ihm geschenkt.

Eine viertel Stunde? Das konnte er nicht schaffen, nicht, wenn er den normalen Weg nahm, geradeaus über die Brücke, im Bogen um die Innenstadt und an der Westtangente vorbei. Eine viertel Stunde reichte nur für den Weg durch die Elisenstraße. Nie wieder, das hatte er sich geschworen, nie wieder würde er einen Fuß auf deren Pflaster setzen.

Der Wind blies ihm hart ins Gesicht. Schnee legte sich auf den Asphalt. Inzwischen hatte er die Kreuzung erreicht, berührte mit den Füßen den Bordstein. Noch gebot das Ampelmännchen ihm, stehen zu bleiben. Er musste sich entscheiden. Irgendwohin würden seine Füße ihn heute Nacht tragen, ins Erfrieren oder ins Weiterleben. Es tat weh. Er wollte dieses Leben nicht. Aber er wollte auch noch nicht sterben. Nicht durch Kälte. Und nicht heute. Als das Ampelmännchen auf Grün sprang, lenkte er seine Füße Richtung Elisenstraße. Nicht einmal seinen Schwur konnte er halten. Dreckswelt, verdammte.

2. Tag

Das Kopfsteinpflaster führte ihn an Villen vorbei. Er brauchte sie nicht anzusehen. Jedes einzelne Fenster, jede Tür, jede Säule im Eingang kannte er bestens. Mit gesenktem Kopf kämpfte er sich durch das Schneetreiben und war froh, dass er nicht aufsehen musste. Ein gebeugt gehender Mann fiel bei diesem Wetter nicht auf. Ein Mann mit riesiger Plastiktüte in dieser Straße schon. Unwillkürlich spähte er in den Fenstern nach Blicken. Und dann sah er das Schild. Vorn neben dem Gartentor prangte es an den schmiedeeisernen Gitterstäben. Als wäre aus dem Nichts eine Mauer aufgetaucht und er dagegengeprallt, stoppte er.

Redlich und Partner
Fachanwälte für
Arbeits-, Verkehrs- und Familienrecht
Strafrecht

Natürlich war es ausgetauscht worden. Was hatte er erwartet? Hatte er gedacht, sein Name würde für immer dort stehen? Nach allem, was passiert war? Das Haus war schneeweiß, die schwarz glänzende Haustür mit Säulen eingefasst. Hinter den Scheiben im Erkerfenster war es dunkel. Um diese Zeit arbeitete niemand mehr. Redlich war nie dafür gewesen, Überstunden zu machen. Er selbst schon. Seine Hände begannen zu zittern. Hätte er an diesem beschissenen Tag nicht bis spätabends im Büro gesessen, alles wäre anders gekommen. Alles.

Irgendetwas zwang ihn, genauer hinzusehen. Hinter den Scheiben suchte er nach einer Bewegung. Aber er sah nur Gardinen mit Kreisen. Oder Spiralen?

Das Muster kam ihm auf einmal bekannt vor. Klar, es waren seine Gardinen! Redlich hatte sie behalten. Alles hatte er behalten. Bis auf das Schild. Rudi hob den Rucksack von der Schulter, zog seine Rumflasche heraus und trank einen langen Zug. Das Zittern ließ nach. Eilig verstaute er die Flasche, schulterte den Rucksack und lief die Straße hinunter. Keine zehn Schritte weit, dann glitschte er aus und schlug hin.

Haus Fischerblick, wie das Pennerkästchen offiziell hieß, strahlte mit Lichterketten in den Fenstern. Das Holzständerwerk des Vordaches war mit Tannengrün verziert, in der gläsernen Eingangstür leuchtete ein Kreuz. Die Tür öffnete automatisch. Für Rudi zu plötzlich, er war in Gedanken noch bei seinen nassen Hosen und zuckte zusammen. Hinterm Tresen erblickte er Detlef, einen schrankartigen Mittfünfziger mit schmalem Lächeln.

»Ah, Rudi. Komm rein.« Er winkte ihn heran.

Zögernd blieb er auf der Schwelle stehen.

»Was ist? Willst du kein Bett?«

»Ist noch was frei?« Zwei Schritte vor, mehr schaffte er nicht.

»Ich hatte fünfzehn Minuten gesagt.«

»Sind es doch.«

»Nee, sind zwanzig. Du hast verdammtes Glück, dass kein anderer gefragt hat. Jetzt komm schon ran hier.«

Er musste sich einen Ruck geben, um die paar Meter durch die Vorhalle zu gehen.

Aus dem Flur ertönte Lachen.

Detlefs Gesichtsausdruck änderte sich, als er den Tresen erreichte. »Mensch Rudi, du weißt genau, dass

Alkohol und Drogen hier nichts zu suchen haben. Blutalkohol zählt auch. Du bist betrunken.«

»Bin ich nicht.«

»Deine Fahne erschlägt mich.«

»Ein winziger Schluck. Das wird wohl noch erlaubt sein.«

»Ja. Aber nicht hier. Hol dir hinterm Haus eine Decke. Und dann komm morgen wieder. Rechtzeitig und nüchtern. Dann bekommst du auch ein Bett.«

Die Automatiktür schwang auf. Ein Mann trat ein und brachte einen eisigen Luftzug mit.

»Gibt's noch ein Bett?«, fragte er, ohne Rudi anzusehen.

»Hast Glück«, antwortete Detlef und warf Rudi einen Blick zu. »Bis morgen, ja?«

Wenn es mich morgen noch gibt, dachte er, nickte und wandte sich zur Tür.

»Vergiss die Decke nicht«, rief Detlef ihm hinterher.

Als ob eine Decke es besser machte, dass sie ihn nicht hineinließen. *Unterlassene Hilfeleistung,* schoss es ihm durch den Kopf. Die Tür verschloss sich hinter ihm. Mit knirschenden Schritten lief er über den Schnee um das Haus herum zur Überdachung und zog sich eine Filzdecke vom Ständer. Dann hatte ihn die Straße wieder. Wenigstens die konnte ihn nicht abweisen. In der Altstadt gab es eine Gasse zwischen Fachwerkhäusern, abseits von Fußgängerzone und Menschentreiben. Sie schützte vor Wind und Regen und gab ihm ein wenig Hoffnung, dass es ihn morgen doch noch geben würde.

3. Tag

Die Gasse im historischen Stadtkern war so eng, dass sie nur mit dem Fahrrad oder zu Fuß passierbar war. Zwischen zwei Fachwerkhäusern verbarg sich eine tiefe überdachte Nische. Man konnte sich darin einbilden, dass die Hauswände Wärme aus den Wohnzimmern hinter den Mauern abgaben. Das Beste aber war, dass die Bewohner sich nicht daran zu stören schienen, wenn ein Penner dort übernachtete. Jedenfalls redete er sich ein, dass er bleiben durfte und sie ihn nicht nur deshalb duldeten, weil sie ihn schlicht noch nicht entdeckt hatten. Er wurde nicht verjagt und das war seine Art, dazuzugehören, seit seine eigene Haustür hinter ihm zugefallen war.

Das Schneetreiben drang an diesem Abend bis zur Gasse vor. Zwischen den Hauswänden wirbelten die Flocken auf und nieder. Er kämpfte sich hindurch, zu seiner schützenden Nische waren es nur noch wenige Schritte. Aber als er hineinschlüpfen wollte, zuckte er zurück. Ein Menschenbündel hatte sich dort breitgemacht. Einen Moment hielt er verblüfft inne, dann preschte er vor und trat dem Eindringling ins Hinterteil. Nicht zu fest, nur deutlich. »Hey, verschwinde, das ist mein Platz.«

Der so Behandelte rührte sich träge und setzte sich, eine Entschuldigung murmelnd, auf. Doch als er sah, wer ihn getreten hatte, verfinsterte sich seine Miene. »Rudi, Mann, was fällt dir ein. Ich war hier zuerst.«

»Das ist mein Platz.«

»Er war leer. Weggegangen, Platz vergangen.«

»Woher weißt du überhaupt von dieser Nische?«

»Warum soll ich nicht davon wissen? Und jetzt troll dich. Hier liegt schon jemand.«

Er musterte den Eindringling. Thorsten war ihm körperlich überlegen. Wenn er seine Nische heute besetzen wollte, brauchte er eine andere Taktik als Tritte. »Hier ist Platz für zwei.«

»Bist du bescheuert? Zu zweit werden wir entdeckt. Dann ist Schluss mit lustig.«

»Nur, wenn du weiter so rumschreist. Also halt die Klappe und rück mal.«

»'Nen Teufel werd ich tun.«

»Und wenn ich meinen Rum mit dir teile?«

»Wie viel hast du denn?«

»Fast voll.«

Thorsten rückte zur Seite. »Her damit!«

Mit einem erleichterten Seufzen ließ Rudi seinen Rucksack auf den Boden gleiten. Er mochte Thorsten. Der raubeinige Tischler hatte einen hellen Verstand. Manchmal ergab sich sogar ein Gespräch über Politik mit ihm, das nicht in einem allgemeinen Statement über die Ungerechtigkeit der Welt endete. Er hatte sich schon manches Mal gefragt, warum Thorsten auf der Straße lebte. Wahrscheinlich aus dem gleichen Grund, aus dem ein ehemaliger Rechtsanwalt es tat. Und diesen Grund zog er jetzt aus seinem Rucksack und reichte ihm die Flasche.

»Soso, fast voll nennst du das? Ich nenne das fast leer.« Thorsten riss sie ihm aus der Hand und setzte an.

»Mach ganz leer. Ich hab noch Wodka.« Er breitete seine Isomatte aus und kroch in den Schlafsack. Der reichte kaum, um der Kälte zu entfliehen. Manchmal machte eine einzige Decke den Unterschied.

Thorsten griff sie sich. »Kann ich die haben?«

»Nee!« Energisch holte er sie sich zurück.

»Mir ist aber auch kalt.«

»Dein Problem.«

»Dann sauf ich mich warm.«

»Übertreib's nicht. Sonst holen dich in der Nacht die Engel.«

»Quatsch. Auf mich wartet die Hölle. Glaubst du, im Himmel haben die Platz für einen alten Penner? Nie im Leben.«

»Keine Ahnung. Ist mir auch egal. Schlimmer als das hier kann die Hölle eh nicht sein.«

»Warum lebst du auf der Straße?«

Auf die Frage war er jetzt nicht gefasst. In Gedanken sah er die Villa in der Elisenstraße. Aber dahinter tauchte noch ein anderes Bild auf, eines, das er nicht sehen wollte. Hastig zog er die zweite Flasche aus dem Rucksack. »Keine Ahnung. Ist eben passiert. Wen interessiert's?«

»Du hast doch Grips in der Birne.«

»Na und? Du doch auch. Und hat's genützt?«

»Lass mich raten.« Thorsten hob die Rumflasche. »Der hier ist schuld.«

Er antwortete nicht, öffnete den Wodka und setzte an.

4. Tag

Am Morgen war sein Bart mit Raureif überzogen, seine Füße taub vor Kälte. Thorsten fehlte. Die Decke auch. Blödes Arschloch. Er sammelte seine Knochen zusammen und raffte sich auf. Von der Straße drangen Geräusche herüber – Schritte, Stimmengewirr. In der Fußgängerzone hatte die Geschäftigkeit längst Einzug gehalten. Mit einem winzigen Schluck aus der Wodkaflasche wappnete er sich, um in den Strom der Menschen und das »O du fröhliche« aus den Lautsprechern einzutauchen. Als Treibholz.

Das Schneetreiben hatte aufgehört, die weiße Schicht auf dem Straßenpflaster war unter eiligen Füßen zu Matsch geworden. Die Uhr beim Juwelier zeigte elf. Er sollte wirklich weniger trinken. Nun war es fast zu spät, um noch ein Frühstück im Pennerkästchen zu bekommen. Trotzdem machte er sich auf den Weg, geradeaus über die Brücke, im Bogen um die Innenstadt und an der Westtangente vorbei. Alles normal.

Der Speisesaal von Haus Fischerblick war gut gefüllt. Er erblickte einen freien Platz am Fenster und wollte sich auf den Weg machen, als er von Diakonisse Adeline entdeckt wurde. Sie winkte ihn zu sich hinüber.

»Rudi, komm. Du siehst ja völlig verfroren aus. Hattest du keinen guten Schlafplatz?«

Ein Lächeln huschte über sein Gesicht. Die warmen Worte der alten Schwester waren Balsam. »Doch, doch, alles gut.«

»Komm und wärm dich auf. Du bist spät dran.«

»Hab verschlafen.« Er hatte den Raum durchkreuzt und Adeline erreicht.

Ihr Gesichtsausdruck änderte sich, als er vor ihr stand. »Wann hast du das letzte Mal geduscht?«

»Hmm.«

»Tut mir leid, aber es ist zu lange her. So kann ich dich nicht hereinlassen, das weißt du. Um zwei kannst du dir Handtuch und Seife geben lassen. Geh unter die Dusche und wärme dich auf. Um drei kannst du Mittag essen, wenn du willst. Es gibt Erbsensuppe mit Würstchen. Das wird dir guttun.«

»Mhmm.«

»Warte, Rudi, nimm Kaffee und Wurstsemmel mit.« Sie füllte einen Pappbecher, tat Milch und Zucker hinein und reichte ihn Rudi.

Süßen Kaffee konnte er nicht ausstehen. Aber er nickte zum Dank, nahm den Becher und eine Brötchentüte und verließ seufzend die warme Stube. Der Eingang zu den Badezimmern war im Nebengebäude. Dazwischen gab es eine Laube mit Bank und Windschutz für die Wartenden. Aber auch die war heute überfüllt. Wahrscheinlich gab es einfach zu viele Penner in der Stadt. Er trank den Kaffee im Stehen leer und warf den Becher in den Müll. Haus Fischerblick konnte ihn mal.

Zwischen den Häusern und dem Menschentreiben der Stadt ein trockenes Plätzchen zu finden, erwies sich als zunehmend schwieriger. Wenigstens pumpte das Laufen Blut in seine Füße. Allmählich wich der Frost in ihnen. Dafür knurrte sein Magen. Außerdem ging sein Wodka zur Neige. Er brauchte also nicht nur ein geschütztes, sondern auch ein gut sichtbares

Plätzchen, damit die Menschen ein paar Münzen in seinen Becher warfen. Aber auch den musste er sich erst mal wieder neu beschaffen. Mülleimer gab es genug in der Stadt und in der Nähe der Imbissstände auch solche mit Pappbechern.

Schließlich fand er einen Platz unter dem Vordach eines Kaufhauses. Wenn er Glück hatte, konnte er ein oder zwei Stunden hier sitzen, bevor sie ihn verjagten. Müde packte er seine Matte aus, setzte sich auf den Boden und lehnte sich an die Hauswand. Vor dem Becher platzierte er sein »Ich habe Hunger«-Schild. Das brachte immer etwas, jetzt zur Weihnachtszeit erst recht. Und dann hörte er sie an sich vorbeihasten, hörte das Klirren der Münzen und bedankte sich artig. Nach einer Stunde waren seine Knochen steif, mühsam raffte er sich auf, besorgte sich im nächsten Supermarkt eine Flasche billigen Fusel und lief an der Westtangente vorbei zum Pennerkästchen. Dreißig Minuten musste er warten, dann konnte er unter die Dusche, spürte das warme Wasser auf seiner rot geschuppten Haut, wusste nicht, was mehr brannte: die Wärme auf der Kälte oder die Wärme auf der wunden Haut. Fünfzehn Minuten, dann war schon der Nächste dran. Aber das machte heute nichts. Der Speisesaal war offen und Erbsensuppe duftete durchs Haus.

»Na siehst du«, sagte Schwester Adeline und reichte ihm einen gefüllten Teller. »Such dir einen Platz, wir bringen euch gleich noch Brot.«

Mit Rucksack, Plastiktüte und Erbsensuppenteller durchquerte er den Raum. Der Platz am Fenster war frei. An den Scheiben klebten Sterne aus Dekorschnee und Kreuze. Mit gesenktem Kopf löffelte er seine

Suppe. Wozu brauchte man einen Himmel, wenn man einen Teller Erbsensuppe hatte! Seine Hände begannen wieder zu zittern.

5. Tag

»Du bist Rudi, oder?« Ein junger Mann mit blonden Wuschelhaaren setzte sich ihm gegenüber.

»Ja, na und?«

»Adeline sagt, ich soll nach dir schauen.«

»Na und?«

»Willst du nicht mal in die Sozialberatung kommen?«

»Und da?«

»Du holst dir kein Hartz IV, oder?«

»Doch, manchmal.«

»Und warum nicht?«

»Ich habe ›doch‹ gesagt.«

»Wie lange ist das letzte Mal her?«

»Tut das zur Sache?«

»Die Sache ist die: Du bist doch Rechtsanwalt. Da muss mehr für dich drin sein.«

»Penner ist Penner.«

»Und Mensch ist Mensch.«

Er zuckte unter diesen Worten zusammen. Was wusste dieser Grünspund schon. Mensch war nicht gleich Mensch. So sah es aus. »Du störst mich beim Essen.«

»Wenn du es dir anders überlegst, komm in mein Büro. Jeden Dienstag von zwölf bis zwei.«

Statt einer Antwort senkte er den Kopf und begann hastig, seine Suppe zu löffeln. Als er wieder aufblickte, war der Grünspund verschwunden. Auf seinem Platz lag ein Kärtchen mit Namen und Telefonnummer. Er schnippte es auf den Boden und verfolgte mit den Augen seinen Fall. Vielleicht sollte er mal ein paar Steine sammeln und Fenster in der Elisenstraße damit einwerfen. Schließlich waren die Leute dort gut versichert. Also, wen kümmerte es?

Als er wieder auf der Straße stand und Richtung Innenstadt trottete, nahm er tatsächlich ein paar Steine vom Wegrand mit. Nicht zu kleine, die ihm durch die Finger gleiten könnten, nicht solche, die seine Faust nicht mehr umschließen konnte. Genau die richtige Größe. Und als wüssten seine Füße von selbst, wohin er wollte, steuerte er, ohne zu überlegen, die Elisenstraße an, schritt hindurch, beinahe mit der gleichen Selbstverständlichkeit wie einst. Vor den schmiedeeisernen Gitterstäben blieb er stehen und starrte auf das weiße Haus. Mechanisch tauchte er seine Hand in die Manteltasche, griff einen Stein, zog ihn heraus und umkrallte ihn. Doch er war viel zu leicht. Ein Kiesel, der für gar nichts stand, schmiegte sich in seine Handfläche, beinahe als gehörte er dahin. Er fummelte noch einen zweiten aus der Tasche, straffte seine Schultern, machte sich bereit, seine Wut, seine ganze Kraft, alles, was ihm noch geblieben war, in diese Steine zu legen, spannte den Arm nach hinten und visierte die Scheibe an – die dreifachverglaste, schmutzresistente, selbstreinigende Drecksscheibe – und wollte ihr geben, was sie verdient hatte.

Die schwarz glänzende Tür öffnete sich.

»Rudi? Bist du das?«

Wie ein Luftballon ohne Knoten schnurrte er in sich zusammen! Ein paar Herzschläge lang starrten sie sich an. Er hörte das Blut in seinen Ohren rauschen. Redlich. Seit wann kam der an die Tür?

»Du bist doch Rudi, oder nicht?«

Die Steine plumpsten aus seiner Hand in den Matsch. Er fuhr herum und lief die Elisenstraße hinunter.

»Rudi! Jetzt warte doch! Willst du nicht hereinkommen?«

Im Laufen warf er einen Blick über die Schulter. Redlich war ihm ein paar Schritte gefolgt.

»Mensch, Rudi! Es ging nicht anders. Das musst du mir glauben.«

Redlichs Worte hallten durch die Straße. Rudi rannte wie ein gejagtes Tier. Ihm war, als würden ihn aus allen Fenstern Augenpaare verfolgen, Finger auf ihn zeigen! Was für eine blöde Idee, hierherzukommen.

Am Ende der Straße hielt er an. Redlich stand noch immer auf dem Bürgersteig und schaute ihm hinterher. Rudi erwiderte seinen Blick. Ihm war kalt. Er sehnte sich nach einem Kaufhauseingang mit warmem Luftzug aus dem Lüftungsschacht, nach dem Klimpern von Münzen in seinem Pappbecher. In der Ferne sah er Redlich ins Haus gehen. Er stellte sich vor, wie der ehemalige Partner hinter den weißen Spiralgardinen verschwand. Es fing wieder an zu schneien. In seiner Manteltasche steckten noch immer ein paar Steine. Mechanisch warf er sie auf den Gehweg. Sie waren sowieso zu klein. Also, was hatte er erwartet?

6. Tag

In der Nacht hatte er in einer Gruppe mit anderen Obdachlosen unter einer Brücke Zuflucht gefunden. Die Nische wagte er erst mal nicht aufzusuchen. Nachdem sie zu zweit dort gewesen waren, wollte er ein bisschen Zeit verstreichen lassen, bevor er wieder dorthin ging. Als Wiedergutmachung, weil er nicht allein geblieben war. Denn, wenn noch mehr Obdachlose kämen, würde man sie mit Sicherheit verjagen. Dass der Deckendieb ihm den Platz streitig machte, war nicht zu befürchten. Nicht, solange die Rechnung noch offen war.

Nun schlich er sich über den Weihnachtsmarkt. Im Mandel- und Mutzenduft drängelten sich Menschen vor den Auslagen der Buden, hetzten in die Kaufhäuser und schleppten Massen an prall gefüllten Tüten mit sich. An allen Ecken standen Lautsprecher und übertönten das Treiben mit Blasmusik. Rudi bog vom Hauptweg ab und drückte sich in eine Gasse, die nicht ganz so viel von dem Menschenstrom in sich aufsog. Juweliere, Edelboutiquen und Feinkostläden waren hier beheimatet. Mit weit ins Gesicht gezogener Kapuze lief er an der Hauswand entlang und konnte trotzdem nicht verhindern, dass sein Blick auf eine Uhr fiel. Elf. Im Pennerkästchen gab es jetzt Frühstück. Der Mandelduft hatte längst seinen Magen knurren lassen. Aber zurück waren es bestimmt zehntausend Schritte. Neuntausendneunhundertneunundneunzig und einer zu viel. Unwillkürlich blieb er stehen. Neben ihm prangte das Schaufenster mit Gold und Diamanten. Er vermisste sie nicht, ließ den

Anblick an sich vorüberziehen wie einen Güterzug hinter Bahnschranken. Bis er die Zahlen unter dem Zifferblatt sah: 3.12.2017. In einem kleinen schwarzen Kästchen in der linken Ecke, wie ein Fleck auf polierter Fläche, blinkten sie. Mit ohrenbetäubendem Quietschen blieb der Güterzug stehen! Wie hatte er das vergessen können? Jedes Jahr am 3.12. hatte er sich schon früh morgens betrunken – so lange, bis er nichts mehr fühlte – und den Tag über irgendwo vor sich hin vegetiert. Erst wenn der Tag nicht mehr 3.12. hieß, ließ der Schmerz sich wieder dorthin schieben, wo er erträglich war. Und dann musste er nüchtern werden, um sich Geld für neuen Wodka zusammenzubetteln. Denn Entzug war noch schlimmer als Schmerz.

Die Tür des Juweliers öffnete sich. Ein Mann trat mit zufriedenem Lächeln heraus, knöpfte seinen Mantel zu und verabschiedete sich nickend. An seiner Hand baumelte eine kleine schwarze Papptüte mit goldener Aufschrift. Mit einem abfälligen Blick machte er einen Bogen um Rudi und verschwand in die Tiefe der Gasse. Rudi meinte, ein leises Klirren zu hören.

»Gehen Sie weiter, Mann, Sie vertreiben mir die Kundschaft.« Die Miene des Juweliers war unmissverständlich.

Rudi murmelte etwas, wandte sich ab, lief ein paar Schritte und hörte die Tür zufallen. Aufatmend blieb er stehen und blickte zurück zum Schaufenster. Er wollte sie noch einmal sehen, die Zahlen. Plötzlich hatte er Angst, sie zu vergessen, sich nicht mehr daran zu erinnern und dann einen Grund zu haben, sich zu betrinken. 3.12. Er versuchte, die Zahlen auswendig zu lernen. Drei – eins – zwei. Aber sie verrutschten, und es klang, wie angezählt werden. Eins – zwei – drei. Verdammte Dreckswelt. Verdammte!

Hastig lief er weiter, stolperte über einen Stein und landete im Matsch. Seine Hose war nass, das Knie brannte. Doch er blieb liegen. Direkt vor ihm lag ein goldener Schlüssel. Reflexartig griff er zu. Er war sauber, konnte noch nicht lange hier liegen und schien zu einem Schließfach zu gehören. Hatte der vornehme Mann ihn verloren? Und nun? Sollte er ihn zum Juwelier bringen? Es widerstrebte ihm. Womöglich würde er, statt Finderlohn zu bekommen, als Dieb beschimpft werden. Und außerdem – er funkelte schön. Vielleicht hatte sein Besitzer ihn aufpolieren lassen? Plötzlich hatte er es eilig, wegzukommen. Nur weg, bevor man ihm wieder etwas nahm, das ihm wertvoll war. Mit verschränkten Armen stapfte er durch die Gassen. Sein Geld reichte nicht, um sich neuen Wodka zu kaufen, höchstens für ein Bier. Aber sich hinsetzen und betteln schien ihm plötzlich unerträglich. Stattdessen lief und lief er durch die Gassen, aus der Altstadt heraus, wieder hinein und landete vor der Marktkirche. Die Treppe lag verlassen. Keine Veranstaltung war im Schaukasten angekündigt. Erleichtert stieg er die Stufen hinauf und quetschte sich in die Nische. Kaum, dass er sich auf dem Boden niedergelassen hatte, fing es an zu schneien. Einzelne Flocken schwebten als Vorhut vom Himmel herab, schnell dichter werdend und vom Wind durcheinandergewirbelt. Sein Verstand sagte ihm, dass er besser eine der Obdachlosenunterkünfte aufsuchen sollte, dass es eine verdammt kalte Nacht werden würde. Aber die Kirchenmauer war warm, irgendwie. Und wenn er schon erfrieren würde, dann wollte er es dort tun, wo er dem Himmel ein wenig näher war. Denn wenn er ganz ehrlich war, musste er sich eingestehen, dass er die Hölle doch noch mehr fürchtete als das Leben auf der Straße. Und verdient hatte er sie allemal.

Mit zitternden Händen holte er seinen letzten Schluck Wodka aus dem Rucksack, trank ihn und beobachtete, wie die Flasche die Treppe hinunterkullerte.

7. Tag

»Hey, Sie!«

Wie aus einer anderen Welt drang die Stimme an sein Ohr. Er wähnte sich in einem Traum, da erklang es lauter: »Hey, Sie!« Jemand rüttelte ihn an der Schulter. Träge öffnete er die Augen. Sein Blick war trübe. Nirgends konnte er ihn festmachen. Sein Schädel fühlte sich an, als wäre er mit Watte ausgestopft.

»Wenn du vorhast, hier zu übernachten, könnte es ziemlich kalt werden«, erklang die Stimme und zog ihn endgültig in die Wirklichkeit zurück. Unter sich spürte er die harten Steine der Kirchentreppe. Seine Füße schmerzten vor Kälte.

Langsam atmete er durch. »Na und? In so einer Nacht ist es für jemanden wie mich überall kalt.«

»Wenn du hierbleibst, erfrierst du.«

Aus dem Munde des Fremden klang es ganz anders, als er es sich in seinen Gedanken ausgemalt hatte. »Was macht das schon? Ein Penner weniger auf der Welt. Keiner wird es merken.« Er brummelte den Rest seiner Worte unverständlich vor sich hin, hoffte, dass der Blödmann endlich gehen würde, und schloss die Augen wieder.

Aber der Blödmann rüttelte erneut an seiner Schulter. »Komm, steh auf, du kannst bei mir pennen.«

Die Worte schlugen ein wie ein Komet. Einen Herzschlag lang hatte er einen gleißenden Lichtball in seinem Kopf. »Was willst du mit einem Penner bei dir zu Hause?«

Der Mann zog die Augenbrauen zusammen. »Gar nichts will ich mit dir. Komm einfach mit und bleib am Leben.«

»So'n Quatsch!«

»Sei nicht blöd. Hier kannst du nicht bleiben oder hast du dir den Verstand schon versoffen?«

Hatte er das? Sein Blick suchte die Wodkaflasche am Fuß der Treppe. Er würde sich jetzt gerne an ihr festhalten. Fahrig verbarg er seine zitternde Hand in der Manteltasche und berührte den Schlüssel. Das kalte Metall traf ihn wie ein Stromschlag. Hatte das Schicksal ihm diesen Fund auf den Weg gelegt? Etwa dasselbe Schicksal, das ihm vor Jahren so gewaltig ins Leben geschissen hatte? Urplötzlich war es egal. Das Gestern, das Morgen, einfach alles. Er wollte nur nicht erfrieren. Und was immer der Fremde ihm zu bieten hatte, er konnte bezahlen. Also warum nicht mitgehen? Träge rappelte er sich auf. »Gut, ich komm. Aber beklau mich nicht.«

»Geht in Ordnung. Und du mich auch nicht.«

Während er die Treppen hinuntertaumelte, hörte er Weihnachtsblasmusik aus der Stadt. *Stille Nacht. Heilige Nacht.* Schweigend schloss er sich dem Fremden an, ging über das glatt gelaufene Pflaster des Marktplatzes durch den Schneematsch neben dem Fremden her, konzentrierte sich auf die Musik, die immer mehr verblasste, je näher sie den Gassen kamen, die aus der Altstadt hinausführten. Die Straßen wurden leerer, der Wind rauer. Er verschränkte die Arme, hielt zum Schutz vorm Schnee den Kopf gesenkt und sah, dass der andere es genauso tat. Aus dem Augenwinkel nahm er den verstohlenen Blick seines Begleiters wahr und senkte den Kopf noch tiefer. Ihre Schritte hallten zwischen den Hauswänden. Erleichtert stellte er fest, dass auch der Fremde nicht die neueste Mode trug und den Weg in die weniger vornehme Gegend einschlug. Schließlich hielten sie vor dem heruntergekommenen Eingang eines Wohnblocks aus den Zwanzigerjahren. Er atmete auf. Die Schwelle war weniger hoch, als er befürchtet hatte.

Der Fremde schloss auf und forderte ihn mit einem Nicken auf, einzutreten. Sorgfältig klopfte er sich den Schnee vom Mantel und trat sich ausgiebig die Füße ab. Warme Luft aus dem Treppenhaus schlug ihm entgegen. Das Licht ging an. Er zuckte zusammen. Immer noch stand er vor der Tür. Der Fremde lächelte verhalten. Plötzlich spürte er, dass auch der andere verloren war, nicht wirklich wusste, was er hier tat. Es war für sie beide neu. Haltsuchend fasste er den Schlüssel, putzte vorsichtshalber die Füße noch einmal ab und ging hinein.

Das Treppenhaus roch nach Bohnerwachs. Die Stufen knarrten unter ihren Schritten. Das Geräusch stach ihn. Wie ein Messer traf jeder einzelne Schritt in sein Herz und machte unbarmherzig klar, was er so mühsam zu verdrängen suchte. Er vermisste es, nach Hause zu kommen. Vermisste es mit Schmerzen. Aus der Tiefe seines Gedächtnisses ploppte ein Bibelwort nach oben, das er vor Ewigkeiten einmal gehört hatte. Der Fuchs hätte seinen Bau und der Vogel sein Nest, aber der Sohn Gottes hätte nichts, wo er seinen Kopf niederlegen könne. Er und dieser Jesus hatten etwas gemeinsam? Das war völlig absurd. Aber bevor der Gedanke sich vertiefen konnte, erreichten sie die Wohnungstür des Fremden. Noch einmal schlug ihm warme Luft entgegen. Noch wärmere als zuvor, vermischt mit einem ganz eigenen Duft, den er auf Anhieb mochte.

8. Tag

Die Tür schloss sich hinter ihm und er stand in einem engen Flur, an der Wand eine Garderobe aus Metall, darunter eine Matte für die Schuhe. Urplötzlich wurde ihm klar, dass sein Gastgeber seinen Geruch nicht mögen würde. Und schon waberte der Dunst aus Schweiß und Urin im Raum. Am liebsten wäre er sofort zur Tür wieder hinausgestürmt. Doch da wandte sich der andere ihm schon zu und lächelte verlegen.

»Was hältst du von einem heißen Wannenbad? Du musst völlig durchgefroren sein.«

Dankbar schaute er auf, senkte den Kopf wieder, brummelte etwas in seinen Bart und sagte dann: »Ich will dir keine Umstände machen.«

»Tut mir leid, aber offen gesagt, hast du ein Bad dringend nötig.«

»Wenn das so ist, kann ich wohl kaum Nein sagen.« Abrupt ging er einen Schritt auf ihn zu und streckte ihm die Hand entgegen. »Übrigens, ich heiße Rudi.«

»Und ich bin Johannes.«

Sie schüttelten sich die Hände, lächelten sich zaghaft an, und das Eis begann zu schmelzen.

»Wenn du willst, stecke ich deine Klamotten in die Waschmaschine und gebe dir so lange etwas von mir.«

Er nickte. »Du bist heute mein Weihnachtsengel. Danke.«

Johannes verschwand ins Bad. Er blieb im Flur stehen, wagte nur, ein paar Blicke in die Küche zu werfen, bis Fichtennadelduft aus dem Badezimmer in den Flur strömte und Johannes zurückkehrte.

»Du kannst in die Wanne, alles ist bereit. Nimm dir, was du brauchst. Und spare nicht mit Seife.« Er zwinkerte ihm zu. »Wirf deine Sachen einfach vor die Tür.«

Rudi ließ sein Bündel auf den Boden gleiten und verschwand ins Bad. Ein Schaumberg hatte sich über der Wanne aufgetürmt, es war heimelig warm. Ehe er sich versah, war er aus seinen Klamotten geschlüpft und warf sie wie verabredet vor die Tür. Das warme Wasser schmerzte. Nur langsam konnte er sich hineinsinken lassen, aber dann überflutete es ihn. Die Wärme streichelte seine Haut, strich die Anspannung davon. Mit einem Seufzer ließ er sich fallen und gab sich der Geborgenheit hin. Wann hatte er sich das letzte Mal so wohlgefühlt? Er wusste es nicht. Tränen schossen ihm in die Augen und auch die ließ er laufen. Einfach so, als wäre es das Normalste der Welt, in einer Badewanne zu liegen und zu weinen.

Johannes hatte Handtücher bereitgelegt. Sorgsam trocknete Rudi sich ab. Zum ersten Mal seit Langem nahm er sich Zeit, die roten Stellen auf seiner Haut, besonders an Armen und Beinen, genauer zu betrachten. Ob er um eine Hautcreme bitten konnte? Lieber nicht. Das wäre zu viel der Gastfreundschaft. Aber er könnte doch mal zu Schwester Adeline gehen. Vielleicht hatte sie eine Creme. An den Fesseln schien die Haut sogar etwas entzündet zu sein. Da juckte es schon lange. Jetzt brannte es auch noch. Das warme Wasser hatte die Haut aufgeweicht. Sein Blick fiel auf eine blaue Flasche. Da war sie, die gewünschte Pflegelotion. Er zögerte, davon zu nehmen. Dann griff er einfach zu und ließ sich einen Klecks in die Handfläche laufen. Das Jucken verschwand unter der kühlen Creme. Aber so viel wie sein Körper verlangte, traute er sich nicht zu nehmen. Obwohl er ja bezahlen konnte, weil er einen goldenen Schlüssel besaß.

Johannes hatte Wort gehalten. Vor der Tür lagen Unterwäsche, Hose und Pullover, sogar ein Paar frische Socken. Er schlüpfte in die Sachen – sie passten wie angegossen – und fühlte sich wie ein Kind zu Weihnachten, das sein lang ersehntes Geschenk ausgepackt hatte. Und schon im nächsten Moment kam der Schmerz zurück. Wegen Weihnachten war das alles doch erst passiert. Aber zum ersten Mal verlangte ihm nicht nach Wodka, um den Schmerz zu ertränken. Im Gegenteil. Er wollte nüchtern bleiben und ein guter Gast sein. Einer, den man bat, wiederzukommen. Offensichtlich hatte er es noch nicht verlernt zu träumen. Und der Duft, der ihm aus der Küche entgegenkam, beflügelte seinen Wunsch.

9. Tag

Johannes wartete in der Küche auf ihn. Der Tisch war gedeckt, Bratkartoffeln mit Spiegeleiern und Gewürzgurken standen bereit. Rudi setzte sich. »Danke, dass du mit mir teilst«, sagte er und langte zu.

»Ich habe nicht oft Gäste«, gestand Johannes. »Ehrlich gesagt bist du der erste seit Jahren.«

»Und warum nicht? Ich meine, du hast doch alles. Eine Wohnung und so.«

»Ich hatte mal mehr. Vielleicht deshalb. Die alten Freunde sind nicht mit mir in die kleine Wohnung umgezogen.«

Er nickte. Das verstand er gut.

Johannes erzählte aus seinem Leben, von seiner Firma, der Depression oder wie man so etwas nannte, und wie er alles verloren hatte. »Und du?«, schloss er seinen Bericht, »warum lebst du auf der Straße?«

Er zuckte zusammen. Diese Frage hasste er, hatte noch nie darauf geantwortet. »Wegen dem 3.12.«

»Das ist ein Datum.«

»Es ist kein Datum. Es ist, wie angezählt werden. Nur dass der Kampfrichter mit drei beginnt. Eins und zwei hat er einfach weggelassen, dir keine Chance gegeben, noch mal aufzustehen.«

»Was ist da passiert?«

»Ich hatte eine Mandantin. Ihr Mann wollte sie nach der Scheidung leer ausgehen lassen. Ich musste nachweisen, dass er Vermögen unterschlug. Und es musste unbedingt noch vorm Wochenende sein.«

»Aber das war sehr anständig von dir, dich da reinzuhängen.«

Er warf Johannes einen Blick zu. »Aber es war unanständig, deswegen nicht zur Ballettaufführung meiner Tochter zu gehen. Meine Frau Gudrun war krank. Sie hat mich gebeten, frei zu nehmen, damit sie im Bett bleiben kann. Ich sagte ihr, das geht auf keinen Fall, ob Lisa nicht mit ihrer Freundin fahren könne. ›Du bist ein verdammter Idiot‹, hat sie gesagt, ›du begreifst gar nichts‹.«

»Und dann?«

»Ich hab im Büro gesessen. Es war nach neun, als der Anruf kam. Sie hatten einen Unfall, ich sollte ins Krankenhaus kommen. Meine Tochter war sofort tot gewesen, meine Frau schwer verletzt. Sie wurde operiert. Ich habe Tag und Nacht an ihrem Bett gesessen, habe wie ein Wahnsinniger gebetet. Warum meine Frau mit hohem Fieber Auto gefahren sei, wollte der Arzt von mir wissen. Ich habe mich entsetzlich geschämt. Eine Woche später ist sie gestorben.«

Sie schwiegen für den Moment.

»Den Schmerz habe ich mit Rum ertränkt. Gleich morgens nach dem Aufwachen habe ich den ersten Drink genommen und bin dann ins Büro gefahren, als wenn nichts geschehen wäre. Habe versucht, einfach weiterzumachen. Aber ich habe Fristen versäumt, Klagen nicht eingereicht und so. Dieser ganze Anwaltsscheiß hat nicht mehr hingehauen. Und ich habe immer mehr Rum gebraucht, um weitermachen zu können. Bis mein Partner mich rausgeworfen hat. Ich soll wiederkommen, wenn ich verdammt noch mal nüchtern bin. Aber ich bin nirgends mehr hingegangen. Keinen einzigen von diesen Gerichtsbriefen habe ich geöffnet. Keine Ahnung, wie hoch meine Schulden sind. Aber das Haus ist untern Hammer gekommen und mein Büro gehört jetzt einem anderen.«

»Vielleicht hast du gar keine Schulden mehr, wenn alles weg ist?«

Er schüttelte den Kopf. »Ich hatte noch eine dicke Hypothek. Und es gab etliche Regressforderungen von Mandanten. Manche wurden sogar von meinem Partner vertreten.«

»Das ist hart.«

»Er war im Recht. Hat versucht, zu retten, was zu retten ist.«

»Wie lange ist das her?«

»Zehn Jahre.«

»Zeit für einen Neuanfang.«

»Und wo fängt man den an?«

»Kannst du nicht zur ARGE gehen? Dir steht doch auch Hartz IV zu?«

»Auf keinen Fall. Da warten die Gläubiger auf mich, damit ich eingebuchtet werde.«

»Wegen Schulden?«

»Wegen mangelnder Bereitschaft, sie zu bezahlen.«

»Aber hier buchtet dich niemand ein.« Johannes holte tief Luft. »Wollen wir einen Film anschauen? Ich habe eine Menge DVDs.«

Er nickte und musste plötzlich lachen. »Früher habe ich immer gespendet, sogar ans Pennerkästchen, zehntausend Euro.«

»Du meine Güte. Ich habe nie gespendet. Mein Geld habe ich für Freunde und Partys ausgegeben.«

»Aber heute spendest du. An mich.«

10. Tag

Den Rest des Abends verbrachten sie vorm Fernseher. Johannes hatte nicht übertrieben, seine DVD-Sammlung enthielt einige von Rudis Lieblingsfilmen. Aber er traute sich nicht, einen Wunsch zu äußern, zu viele Erinnerungen lauerten darin. Johannes schlug »Lethal Weapon« vor, und weil er alle Filme davon besaß, mussten sie sich nicht noch einmal entscheiden. Nach dem zweiten Teil streckte Rudi sich auf der Couch aus und fiel in einen tiefen Schlaf. Am späten Vormittag frühstückten sie, und dann war es Zeit zu gehen.

»Komm mal wieder vorbei«, sagte Johannes an der Haustür.

Sie klopften sich zum Abschied auf die Schulter. Rudi bedauerte, sich nicht angemessen bedanken zu können. Verschämt wandte er sich ab, steckte seine Hände in die Manteltaschen – und hatte den Schlüssel in der Hand. Natürlich! Beinahe hätte er ihn vergessen. Erleichtert drehte er sich wieder um. »Hier, als Dankeschön.« Der Schlüssel glitzerte golden. Ein wenig bedauerte Rudi es, seinen Glücksbringer herzugeben, und drückte ihn noch einmal fest. »Das ist der Schlüssel zur Weihnachtsfreude.«

Johannes warf ihm einen fragenden Blick zu.

Rasch wandte er sich ab, bevor er bereute, ihn weggegeben zu haben. Kurz darauf stand er auf der Straße. Die Tür fiel hinter ihm ins Schloss. Er zuckte zusammen. Rauer Wind blies ihn an. In der Ferne hörte er die Kirchenglocken. Also war es zwölf. Fürs Pennerkästchen zu spät. Außerdem brauchte er dringend einen Schluck Wodka. War sowieso merkwürdig, dass er so lange ohne ausgehalten hatte. Vorbei an Weihnachtsmarktbuden und Mandelduft peilte er das Kaufhaus an, suchte sich einen Pappbecher aus dem Müll und ließ sich im Eingang nieder. Lange musste er nicht warten, bis er fünf Euro zusammenhatte. Es wurde auch Zeit. Seine Finger zitterten, er war kaum noch in der Lage, sich das Geld in die Manteltasche zu stecken, verschwand in den nächsten Discounter und verdrückte sich mit der erlösenden Flasche in eine Gasse. Fahrig setzte er an. Es brannte noch immer in der Kehle, wenn die klare Flüssigkeit hinunterrann, auch nach so vielen Jahren. Aber heute musste er mehr ertränken als harte Wirklichkeit. Er hatte im Warmen gesessen, in einer eigenen Wohnung. Sie hatte jemand anderem gehört, aber er hatte wieder gespürt, wie es sich anfühlte, hatte gespürt, was er vermisste und nicht vermissen wollte. Die Straße war kälter geworden, unerträglich kalt. Mit einem Zug leerte er fast die halbe Flasche und wartete. Nur langsam wurde es besser, dauerte noch eine Weile, bis der Druck nach Alkohol nachließ. Das Zittern beruhigte sich. Die Welt um ihn herum schien weniger kalt zu sein. Teufelszeug aber auch. Er verstaute die Flasche im Rucksack, und als er ihn verschnürte, ploppte die Scham daraus auf. Was war er doch für ein elender Versager, selbst eine Flasche, zu gar nichts mehr zu gebrauchen. Eilig holte er den Wodka wieder heraus und nahm noch einen Schluck. Dann lief er zum Kaufhaus zurück, bettelte sich zehn Euro zusammen und kaufte sich zwei Flaschen dazu.

Im großen Bogen an Weihnachtsmarktbuden vorbei schlich er ziellos durch die Gassen, Stunde um Stunde verstrich. Vorm Schaufenster eines Spielzeugladens fand er sich wieder. Seine Silhouette samt Rucksack und Tüte spiegelte sich in der Scheibe. Dahinter waren Puppen in Rüschenkleidern ausgestellt. Babypuppen, wie seine Tochter sie sich gewünscht hatte, bevor … Benommen lief er weiter, tiefer in die Gassen bis zur Nische. Abseits von Trubel und lachenden Stimmen sank er auf den Steinen zusammen. Es ging nicht mehr. Er ertrug es nicht, die Kälte, die Einsamkeit, die juckende Haut, seine Schuld. Die Wirkung des Wodkas ließ nach. Zitternd holte er die Flasche heraus. Sie entglitt seinen Händen und zerschepperte auf dem Pflaster. Fassungslos starrte er auf den Scherbenhaufen, auf den Wodka, der jetzt die Straße hinunterrann statt durch seine Kehle. Aber er hatte ja noch eine. Angestrengt hielt er sie fest, setzte an und leerte sie zur Hälfte. Wo blieb die Erlösung, die Wärme im Blut? Nichts passierte, gar nichts. Verzweifelt sog er die andere Hälfte in sich rein, saugte noch immer, als schon längst nichts mehr in der Flasche war. Es kam nicht, das Scheißegalgefühl. Die Welt blieb kalt, die Nische einsam. Wütend schmetterte er die Flasche gegen die Wand. Aber sie zerbrach nicht, schmetterte auf den Boden und kullerte Richtung Gasse. Mit leerem Blick folgte er ihr. Kurz blitzte der Gedanke auf, die Flasche zu greifen, sie zurückzuholen. Aber seine Hand gehorchte ihm nicht. Es war auch nicht mehr kalt. Der Boden war nicht hart. Und der Himmel nicht mehr blau. Er wurde aufgesogen von einer Nebelwand, bis er sich im Nichts auflöste. Bis alles um ihn herum Nichts war.

11. Tag

Dauerpiepen. Er versuchte, das Geräusch zu identifizieren. Da war es schon wieder still. Neben sich spürte er eine Bewegung. Jemand nestelte an seinem Hals herum. Er wollte sich wehren, das Gegrapsche wegschlagen – seine Hand war angebunden. Verdammt, was war hier los? Panisch rüttelte er an den Fesseln. Es schien, als würden sie mit jeder Bewegung enger werden.

»Bitte bleiben Sie liegen«, sagte eine Stimme zu ihm.

Träge versuchte er, die Augen zu öffnen. Seine Lider waren zu schwer. In seinem Kopf hämmerte es wie verrückt. Wieder piepte es irgendwo. Diesmal erkannte er es. Und es machte ihn wahnsinnig. Wild rüttelte er an den Fesseln. Eine Hand drückte ihn nach unten.

»Sie müssen liegen bleiben.«

»Wo ... wo ...?«

»Sie sind im Krankenhaus.«

»Was? Aber?«

»Sie hatten eine Alkoholvergiftung. Wir mussten Sie künstlich beatmen. Bitte bleiben Sie liegen.«

Vergiftung? Er versuchte, sich zu erinnern, aber in seinem Kopf war nur Watte.

»Wann?«

»Vor drei Tagen. Sie hatten Glück, dass man Sie in der Nische gefunden hat. Wenig später und Sie wären jetzt im Himmel.«

In der Hölle. »Machen Sie mich los.«

»Das kann ich noch nicht. Es dient Ihrer Sicherheit. Bitte bleiben Sie liegen. Sie haben es fast geschafft.«

»Was geschafft?«

»Das Schlimmste. Den Rest der Entgiftung können Sie auf Normalstation machen.«

Entgiftung? Er spürte, dass er wieder allein war. Endlich gelang es ihm, die Augen zu öffnen. Um ihn herum Schläuche, brummende Apparate, vom Nachbarbett ertönte das gleichmäßige Schnaufen eines Respirators. Urplötzlich tat ihm alles weh. Sein Rücken schmerzte, seine Beine, seine Arme … sein Herz. »Gudrun?«, flüsterte er, »bist du da? Bist du es?« Niemand antwortete. Er starrte an die Decke. Entgiftet? Vom Alkohol, ja, aber wie sollte er von seiner Schuld entgiftet werden? Und wie sollte er jemals aufhören, sich zu schämen?

Die Schwester kam zurück ins Zimmer, werkelte am Nachbarbett herum und wandte sich wieder zum Gehen.

»Bitte«, sagte Rudi und rüttelte an den Fesseln, »kann das ab?«

»Ich frage den Arzt«, antwortete die Schwester ohne Lächeln, »er wollte eh nach Ihnen sehen, weil Sie aufgewacht sind.«

Eine Ewigkeit später stand ein schwarzhaariger Mann an seinem Bett. »Wie heißen Sie?«, fragte er mit leichtem Akzent.

»Rudolf.«

»Und mit Nachnamen?«

Er stockte. »M… Meyer.«

»Wie geht es Ihnen, Herr Meyer?«

»Gut.«

»Haben Sie Schmerzen?«

»Ja.«

»Und wo?«

»Überall.«

»Wo besonders?«

»Der Kopf und ...«

»Wo noch?«

»Das Herz.«

»Ihr EKG ist in Ordnung, Herr Meyer. Ich lasse Ihnen ein Schmerzmittel geben. Die Fixierung machen wir jetzt ab. Aber Sie dürfen nicht an die Schläuche, hören Sie?«

»Ja.«

»Sollen wir jemanden benachrichtigen, dass Sie hier sind?«

»Nein.«

»Dann sehen wir uns später.«

»Wo ... ich meine, welches Krankenhaus ist das hier?«

»Sie sind im Paulus-Stift auf Station sieben.«

»Sieben?«

»Wissen Sie, wo das ist?«

»Ja, ich ... meine Frau ...«

»Sie sind verheiratet? Sind Sie sicher, dass wir niemanden benachrichtigen sollen?«

»Ja.« Er schloss die Augen. Die Müdigkeit kam genauso plötzlich, wie das Erwachen gekommen war. Eine bleierne Wolke legte sich über seinen Geist. Bevor ihm die Augen ganz zufielen, erblickte er das Bild an der Wand. Ein Weiher an einem Birkenhain. Idylle pur. Genau hier war es gewesen, in diesem Zimmer. Es piepte nebenan. Wie damals. Sie hatten den Alarm dann ausgeschaltet. Für immer.

Am Abend kam ein Physiotherapeut und setzte ihn auf die Bettkante. Ihm wurde schwindelig. Der Mann sagte, er solle tief durchatmen und nach oben sehen. Aber er sah nach unten und erbrach sich. Danach wollte er nicht mehr. Und der Physiotherapeut wollte auch nicht mehr. Die Schwester kam und bezog das Bett neu. Ihr Blick wirkte genervt und er fragte sich, wie oft sie sein Bett wohl schon bezogen haben mochte. Wie oft er sich im Delir eingenässt oder übergeben hatte. »Entschuldigung«, murmelte er, mehr zu sich als zu ihr, aber sie hatte es trotzdem gehört.

»Es gibt nichts zu entschuldigen«, antwortete sie. Unvermittelt beugte sie sich zu ihm herunter. »Tun Sie mir nur einen Gefallen. Saufen Sie nicht weiter, wenn Sie draußen sind. Hören Sie auf mit dem Scheiß. Sie hatten über vier Promille. Jeder andere wäre dabei draufgegangen.«

Die Worte hingen über seinem Bett, als die Schwester schon längst gegangen war. Er wagte kaum, sich zu bewegen, aus Angst, sie würden ihn erschlagen. Jeder andere wäre abgekratzt. Wenn es einen Gott gab, warum hatte er ihn nicht sterben lassen? Warum musste er dieses gottverdammte Leben weiterleben? Und ausgerechnet hier wieder erwachen, wo sein Unglück begonnen hatte? Es gab Dinge, die verstand man einfach nicht, egal, wie lange man darüber nachdachte.

12. Tag

Am nächsten Morgen kam der Arzt ins Zimmer und warf einen Blick in die Akte, runzelte die Stirn, blätterte weiter und klappte sie schließlich zu. »Ihre Werte sind soweit wieder in Ordnung. Sie können heute verlegt werden.«

Rudi fuhr ein Schreck in die Glieder, er hatte gerade erst begonnen, sich an die Wärme seines Bettes und die Fürsorge der Schwester zu gewöhnen. »Und wohin?«

»Sie haben Glück. Auf der Suchtstation ist ein Bett frei. Dort können Sie die Entgiftung zu Ende bringen. Und danach ... das ist dann Ihre Entscheidung.«

Er wollte etwas antworten, aber die Worte blieben ihm im Hals stecken. Der Arzt schien alles gesagt zu haben. Schon im nächsten Augenblick war er verschwunden. Die Schwester kam herein, zog die Schläuche aus seinen Venen, entfernte die Elektroden auf seiner Brust und legte seine Sachen aufs Fußende, verpackt in einer riesigen Tüte, auf der »Patienteneigentum« stand. Bald darauf kamen zwei junge Männer in weißer Kluft, lösten die Bremsen seines Bettes und schoben ihn zur Tür hinaus. »Wohin?«, fragte einer von beiden. »Auf die Zwölf«, antwortete die Stimme der Schwester von irgendwoher. Er wollte sich nach ihr umdrehen und sich verabschieden, aber da nahm sein Bett schon Fahrt auf, die Automatiktür am Ende des Ganges schwang auf und schloss sich wieder. »Die Zwölf ist drüben«, sagte der Mann am Kopfende, »sollen wir noch eine Decke holen? Ist saukalt draußen.« Der Mann am Fußende schüttelte den Kopf. »Für die paar Minuten. Eine Decke hat er doch.«

»Wenn du meinst.«

Die Fahrstuhltür öffnete sich, schloss sich und öffnete sich. Er kannte all die Flure, die Türen, die Schilder, den Geruch. Am liebsten hätte er sich die Decke über den Kopf gezogen, aber es musste genügen, die Augen zu schließen und sich schläfrig zu stellen. Das Bett hoppelte über das Pflaster, eisiger Wind wehte ihn an, wieder öffnete sich eine Tür, schloss sich und an gelb und weiß gestreiften Wänden vorbei ging es zu Station zwölf.

»Können Sie aufstehen?«, fragte eine junge Schwester mit rot gefärbtem Kurzhaarschnitt und viel Kajal.

»Glaub schon«, antwortete er und setzte sich auf. Das zweite Bett im Zimmer war leer. Sie schob ihn ans Fenster, trat die Bremse und packte seine Sachen in einen der beiden Schränke. »Wie ist es mit eigenen Sachen? Sie leben auf der Straße, oder? Brauchen Sie etwas?«

»Ich weiß nicht. Muss alles da drin sein.«

»Am besten bestellen wir den Sozialdienst. Ich bringe Ihnen Handtücher und Zahnbürste. Der Doktor kommt auch gleich vorbei.«

Bevor er etwas antworten konnte, war sie verschwunden, wirbelte kurz darauf noch einmal mit den angekündigten Sachen herein, stellte außerdem eine Flasche Mineralwasser und ein Glas auf seinen Nachtschrank und schloss die Tür hinter sich.

Er sah sich um. Das Zimmer wirkte freundlich mit seinen blaugrünen Vorhängen und einem Land-schaftsporträt an der Wand. In der Ecke war ein

Waschbecken. Die Bettwäsche schneeweiß, genauso wie die obere Hälfte der Wände. Die untere war gelb. Vor dem Fenster ein Tisch mit zwei Stühlen. Hier war er jetzt also gelandet. Die Wartelisten für solche Stationen waren lang. Er wäre nie auf die Idee gekommen, sich auf eine setzen zu lassen. Was um alles in der Welt hatte ihn hierhergebracht? Warum war er nicht tot? Wer hatte ihn gefunden? So viele Fragen, keine einzige Antwort. Er hatte Durst, aber er wagte nicht, die Flasche auf seinem Nachttisch anzurühren. Vielleicht war sie ja doch nicht für ihn.

Die Tür ging auf. Ein grauer Herr mit Jeans und Pullover schob sich durch den Spalt. »Herr Meyer?«

»Ja.«

»Mein Name ist Klopfmann. Ich bin der Stationsarzt. Haben Sie gerade Zeit?«

»Äh … ja. Wieso nicht?«

»Ich möchte sichergehen, dass es Ihnen recht ist, wenn wir jetzt miteinander reden. Darf ich mich setzen?«

»Ja, bitte.«

Dr. Klopfmann nahm sich einen Stuhl, stellte ihn neben Rudis Bett und ließ sich nieder. »Sie wissen, warum Sie hier sind?«

»Natürlich.«

»Erinnern Sie sich an den Abend, als Sie eingeliefert wurden?«

»Nein. Nichts.«

»Wie es dazu gekommen ist?«

»Ich war betrunken.«

»Sie hatten eine Alkoholvergiftung. In einem Ausmaß, das eigentlich nicht überlebt wird.«

»Und warum lebe ich dann noch?«

»Sie hatten einen Schutzengel.«

Sein Blick ging wild im Zimmer hin und her, suchte nach irgendetwas, an dem er sich festhalten konnte. Wie sollte er, Rudolf Meyer, schuld am Tod von Frau und Kind, Verursacher eines riesigen Berges Schulden und – das Wort kam nur schwer in seine Gedanken – obdachloser Säufer, einen Schutzengel haben?

Dr. Klopfmann wartete einen Moment, bis Rudi sich wieder gefangen hatte. »Möchten Sie wissen, wer Ihr Schutzengel war?«

Er warf ihm einen zaghaften Blick zu. »Wer?«

»Die Frau, die im Nachbarhaus der Gasse wohnt, in der man Sie gefunden hat. Sie kannte Sie, weil Sie dort öfter schlafen. Und Sie waren früh dran an diesem Abend. Darüber hat sie sich gewundert und nach Ihnen gesehen. Nur wenig später, und Sie wären tot gewesen.«

Sie schwiegen einen Moment.

»Warum hat sie mich dort nie weggejagt oder die Polizei geholt?«

»Sie hat etwas anderes getan.«

»Was?«

»Nun, der Notarzt sagte meinem Kollegen, sie hätte für Sie gebetet.«

»So'n Quatsch.«

»Ja, es ist ungewöhnlich. Und nicht jedermanns Ding. Aber in ihrem Fall hat es nicht geschadet. Wir können Ihnen helfen, Herr Meyer. Aber nur so viel, wie Sie unsere Hilfe annehmen. Es ist Ihre Entscheidung. In ein paar Tagen können Sie entlassen werden, dann ist die Entgiftung überstanden. Was danach kommt, liegt in Ihrer Hand. Ihre Leberwerte sagen, dass Sie besser keinen einzigen Tropfen mehr trinken sollten. Es ist sowieso alles ein Wunder.«

»Wie meinen Sie das?«

»Dass Ihre Leber so viele Jahre durchgehalten hat. Und dass die Entgiftung so schnell ging. Wer über vier Promille überlebt, ist einiges gewöhnt.«

13. Tag

Manchmal hasst man Leute nur deshalb, weil sie einem die Wahrheit sagten. Rudi konnte diesen Dr. Klopfmann nicht ausstehen. Drei Tage hat er es im weiß-gelben Zimmer ausgehalten, dann schlüpfte er in seine ausgetretenen Schuhe, schulterte seinen Rucksack und schlich hinaus. Leise schloss sich die Automatiktür hinter ihm. Er zuckte nicht, auch nicht, als die Kälte ihm entgegenschlug. Im Gegenteil, es fühlte sich vertraut an, wieder draußen zu sein. Niemand, der ihm Regeln diktierte oder ständig wissen wollte, wie es ihm ging. Dr. Klopfmann war am Morgen noch bei ihm gewesen, hatte ihm gesagt, er könne für eine Langzeittherapie auf die Warteliste, und der Sozialdienst könne sich um ein Zimmer in einem Obdachlosenheim kümmern. Aber was war mit den Gläubigern? Dieser Arzt hatte doch keine Ahnung, wie es wirklich um ihn bestellt war. Nee, nichts Warteliste. Jemand wie er wartete auf gar nichts mehr.

Fürs Pennerkästchen war es noch zu früh, also blieb ihm nur der Kaufhauseingang, um ein paar Euros zusammenzubetteln. Ihm verlangte nach Wodka, aber seine Hände zitterten nicht. Eigentlich hätte er noch eine Flasche gehabt. Wahrscheinlich hatten sie sie ihm weggenommen, genauso wie Johannes' Klamotten, die er an jenem Abend getragen hatte. Aber vielleicht lag die Flasche auch noch in der Nische, dort, wo er das letzte Mal einen Schluck genommen hatte. Und vielleicht lag dort auch seine Isomatte, denn die war ebenfalls nicht mehr bei seinen Sachen. Also verschränkte er die Arme und stapfte durch die Kälte in die Altstadt.

»O du fröhliche« erklang es vom Weihnachtsmarkt. Das geschäftige Treiben vor den Marktbuden behagte ihm nicht. Lieber wollte er einen Umweg in Kauf nehmen und bog rechts in eine Gasse, bis er dem Trubel entkommen war. Seine Schritte hallten durch die verlassene Straße. Einen Moment überlegte er, was Johannes jetzt wohl tat. Ob er Filme anschaute? Oder gar noch im Bett lag? Energisch schüttelte er den Kopf und ging schneller. Auf keinen Fall wollte er anfangen, ein Bett zu vermissen. Für ein paar Meter musste er doch wieder in den Strom der Masse eintauchen, aber dann erreichte er seine Nische und entkam auch gleich dem eisigen Wind. Hier war es also gewesen. Beschämt stellte er fest, dass dort noch immer die Glassplitter der Wodkaflasche lagen. Und schlimmer noch, der Gang war voll von Erbrochenem, an dem sich ein paar Tauben zu schaffen machten. Er schlug sich die Hand auf den Mund und kämpfte die Übelkeit herunter.

»Geht es Ihnen besser?«, ertönte plötzlich eine Stimme hinter ihm.

Er zuckte zusammen. »Was?« Vor ihm stand eine graublonde Frau mit rundlichem Gesicht.

»Sie wären beinahe erfroren.« Sie lächelte warm. »Aber jetzt sehen Sie schon viel besser aus.«

»Dann sind Sie mein Schutzengel?«

Sie lachte auf. »Na ja, ein Engel bin ich bestimmt nicht.«

»Wissen Sie, wo meine Isomatte ist?«

»Ach die, ja, ich habe sie mit reingenommen. Und ich war so frei, sie sauber zu machen. Hoffe, es ist Ihnen recht?«

Er fühlte den Boden unter sich schwanken. Warum war die Frau so freundlich? Er hatte ihr nur Schereien gemacht. »Vielen Dank. Es tut mir leid, dass ich …« Er deutete auf die Nische.

»Ach, das macht doch nichts. Ich hätte es schon beseitigt, aber, na ja, ich bin da sehr empfindlich, verstehen Sie?«

Er nickte. Das verstand er gut. Kurz kam ihm der Gedanke, nach der Wodkaflasche zu fragen. Aber schon im nächsten Moment schämte er sich dafür. Noch mehr als für das Erbrochene. »Es tut mir leid. Vielleicht könnte ich? Wenn Sie einen Feger hätten?«

Die Frau lachte. »Wohl besser einen Gartenschlauch. Nein, nein, wirklich nicht. Möchten Sie einen Tee mit mir trinken?«

»Einen Tee?« Die Frage kam so überraschend, dass er nicht sicher war, ob er sie richtig verstanden hatte.

»Ja, in meiner Küche, wenn Sie mögen.«

»Aber ich …«, *bin ein Penner.*

»Ich habe Vanille-Zimt-Tee. Den müssen Sie probieren.«

»Aber …« Er schaute an sich hinunter. Seine Kleidung war noch sauber. Er würde zumindest keinen unangenehmen Geruch verbreiten. Aber diesmal hatte er nichts, um zu bezahlen.

»Kommen Sie, geben Sie sich einen Ruck. Ich beiße auch nicht. Und …« Sie errötete. »Ich bin oft allein.«

»Ja dann.« Er holte tief Luft. »Vielen Dank.«

14. Tag

Die Küche der Frau war sehr gemütlich. Im Sprossen-fenster hingen goldene Sterne, davor stand ein alter Holztisch, an den Wänden hingen Bilder mit schönen Landschaftszeichnungen, Küchengeräte und Regale mit Reis, Getreide und Gewürzen. Sie forderte ihm mit einem Nicken auf, Platz zu nehmen, und setzte einen Kessel mit Wasser auf den Herd.

»Mögen Sie Kekse? Ich habe selbst gebackene Plätz-chen. Oder …« Sie schlug sich an die Stirn. »Wie unaufmerksam von mir. Haben Sie überhaupt schon gefrühstückt?«

Jetzt errötete Rudi. »Danke, ja. Die Kekse nehme ich gerne.«

»Waren Sie im Haus Fischerblick?«

»Nein, ich … übrigens, ich heiße Rudi.«

»Du meine Güte, was ist heute bloß mit mir los. Ich habe ganz vergessen, mich vorzustellen. Mein Name ist Martina.«

»Danke.« Ihr Lächeln berührte ihn. Urplötzlich hörte er auf, sich wie ein Penner zu fühlen. Für den Moment war er ein Gast in einer warmen Küche. Schnell schaute er aus dem Fenster.

Der Teekessel pfiff, Martina goss Wasser in die Kanne, stellte Kandis und Plätzchen vor Rudi hin und Vanille-Zimt-Duft erfüllte den Raum, als sie die gold-braune Flüssigkeit plätschernd in Rudis Tasse füllte. Er roch daran, bevor er einen Schluck nahm und sich glatt die Zunge verbrannte.

»Oh, bitte, seien Sie vorsichtig. Möchten Sie Milch in den Tee? Oder Sahne?« Martina rührte ihren Tee, bis der Kandis sich aufgelöst hatte.

»Nein, nein, geht schon.« Teerühren war eigentlich keine schlechte Idee. Er griff den Löffel und spürte ein leichtes Zittern, anders als sonst, nicht vom Alkohol. Gott sei Dank nicht vom Alkohol. Wie gut, dass er den Wodka nicht gefunden hatte. »Darf ich Sie was fragen?«

»Bitte gern.«

»Was ist passiert in der Nacht? Der Arzt sagte, Sie hätten sich gewundert, dass ich so früh da war. Wieso kannten Sie mich?«

»Sie machen Witze. Wie lange schlafen Sie schon in der Nische?«

»Eine ganze Weile. Aber Sie haben mich nie weggejagt? Oder die Polizei geholt? Ich dachte, Sie sehen mich nicht.«

Verlegen schüttelte sie den Kopf. »Die Frage ist eine andere. Warum habe ich Sie nicht längst hineingebeten? Die Wahrheit ist, ich habe mich nicht getraut.«

»Der Arzt hat mir gesagt, Sie hätten für mich gebetet.«

»Nanu. Woher weiß er das?«

»Vom Notarzt.«

»Na so was. Ich habe es ihm erzählt, als der Rettungswagen kam, das stimmt. Wahrscheinlich fand er mich etwas merkwürdig.«

»Da haben wir was gemeinsam.«

Sie lachten.

Er nahm einen Schluck Tee, der sich inzwischen gut trinken ließ, und biss in ein Mandelplätzchen. »Darf ich noch etwas fragen?«

»Bitte.«

»Leben Sie allein?«

»Ja. Mein Mann ist gestorben. Er hatte Krebs. Meine Kinder kommen ab und zu vorbei. Aber sie haben ihr eigenes Leben, Arbeit und Kinder. Ich helfe, wo ich kann, aber, na ja, ich habe viel Zeit. Und Sie? Warum leben Sie auf der Straße?«

»Meine Frau ist gestorben. Zusammen mit meiner Tochter. Sie hatten einen Unfall.«

»Das tut mir sehr leid.«

»Muss es nicht. Es war meine Schuld.«

Plötzlich drückte sie seine Hand. »Warum denken Sie das?«

»Weil ich …« Die Berührung irritierte ihn. »Ach, ist auch egal. Ist nur …«

»Was?«

»Nichts. Schon gut.«

»Entschuldigen Sie.« Sie zog ihre Hand zurück. »Ich wollte Sie nicht bedrängen. Wo sind sie begraben?«

»Auf dem Waldfriedhof.«

»Wer pflegt das Grab?«

»Keine Ahnung. Ich glaube, ihre Schwester. War lange nicht dort.«

»Dann sollten Sie hingehen. Reden Sie mit ihr. Das hilft über den Schmerz. Ich weiß das. Und … ich meine, wenn Sie mögen, dann reden Sie auch mit Gott. Das hilft auch.«

»Ich weiß nicht. Was soll Gott mit einem Penner anfangen? Der hat doch ganz andere Sorgen. Weltfrieden und so.«

»Das bleibt wohl ein ewiges Geheimnis, warum Gott sich um uns sorgt, obwohl es viel Wichtigeres gäbe. Aber er tut es. Und Sie sollten es auch tun.«

»Was?«

»Sich um sich sorgen.«

»Wenn Gott sich sorgt, warum war er nicht da? Diese eine Nacht, in der ich ihn wirklich gebraucht hätte. Er hätte es verhindern können, oder nicht?«

»Diese Frage habe ich mir oft gestellt, als mein Mann starb.«

»Und wie ist die Antwort?«

»Es gibt keine. Aber ohne meinen Glauben wäre ich wahrscheinlich verrückt geworden.«

15. Tag

Er hatte Martina versprechen müssen, rechtzeitig zum Pennerkästchen zu gehen, um ein Bett für die Nacht zu bekommen. Leicht verschämt hatte sie ihn gebeten, für ein paar Tage nicht mehr in die Nische zu gehen, weil die Nachbarn sehr verärgert waren wegen der Verunreinigung, so nannte sie es. Sauerei hätte es wohl besser getroffen. Es hatte ihm einen Stich gegeben. Jetzt, wo er wusste, wer auf der anderen Seite der Mauer Luft atmete, sollte er nicht mehr zurückkehren können? Natürlich hatte sie ihn herzlichst eingeladen, wieder vorbeizukommen. Aber ein Nein war ein Nein und sein Herz zu wund, um weitere Verluste zu verkraften. Das konnte seine frisch gereinigte Therm-A-Rest auch nicht wettmachen, die Martina ihm mit einem Lächeln übergab. Nun lief er ziellos durch die Straßen, immer geradeaus, bis er, wie durch ein Wunder, beim Pennerkästchen landete.

Es war siebzehn Uhr, im Speisesaal wurde noch Suppe ausgeteilt. Hastig aß er seinen Teller leer, ging ins Foyer und besorgte sich ein Bett.

»Wo warst du die letzten Tage«, fragte Detlef bei der Anmeldung.

»Willst du nicht wissen«, murmelte er, trug sich ein und sicherte sich ein Bett in einem Doppelzimmer. Den anderen Gast darin kannte er nicht, wollte ihn auch nicht kennenlernen, warf seinen Rucksack neben das Bett und streckte sich auf der Matratze aus. Sie war weicher als die im Krankenhaus. Vielleicht auch nur vertrauter, das wusste er nicht. Für den Moment wollte er einfach nur die Decke anstarren. Und die Decke starrte zurück – bis er es nicht mehr aushielt. Ruckartig setzte er sich auf.

Der andere drehte sich zu ihm um. »Was is'n mit dir? Brauchst Sprit?«

Er hätte tatsächlich gerne einen Schluck genommen, nur zum Schlafen, mehr nicht, aber als er die Frage hörte, überkam ihn Übelkeit. »Nee, bestimmt nicht.«

»Du lebst noch nicht lange auf der Straße, was?«

Plötzlich kam ihm ein Gedanke. Er hatte schon etliche Winter hinter sich. Aber waren es zu viele? Zu lange, um umzukehren? Zu lange, um sich den alten Geistern zu stellen? Er musste dringend mit jemandem reden. Und plötzlich wusste er auch mit wem.

Detlef schaute erstaunt von seinem Buch auf, als Rudi mit voller Montur im Foyer erschien. »Nanu, wir haben gerade nach Mitternacht. Fürs Frühstück ist es noch zu früh.«

»Muss was erledigen. Machst du mir auf?«

»Um diese Zeit? Es ist klirrend kalt draußen.«

»Weiß ich. Machst du auf?«

Detlef beugte sich kopfschüttelnd vor und drückte einen Knopf. Die Automatiktür schnurrte auf.

Einen Moment bereute er seinen Entschluss. Sein Atem schlug in weißen Nebel nieder. Eisig kalt war mächtig untertrieben. Mit verschränkten Armen stapfte er die Straße hinunter, über die Westtangente, an der Marktkirche vorbei und schließlich aus der Stadt heraus. Er passierte die letzte Straßenlaterne, bog in einen Wald ab und marschierte bei silbernem Mondlicht weiter. Vor einem schmiedeeisernen Tor machte er halt. Natürlich war es um diese Zeit verschlossen. Aber er konnte nicht warten. Sein Herz brannte bei der Erinnerung. Fest entschlossen warf er seinen Rucksack hinüber und kletterte hinterher.

Gespenstische Stille lag über dem Friedhof. Der Hauptweg wurde von Laternen erleuchtet. Zehn Jahre war es her, dass er ihn gegangen war. Jeder einzelne Schritt hatte sich in sein Gedächtnis gebrannt. Obwohl er wie betäubt den beiden Särgen gefolgt war, an der Friedhofskapelle entlang, dritte Reihe links, fünftes Grab rechts. Vom Laternenlicht reichte nichts mehr hier herüber. Nur der Mond erleuchtete die schnörkelige Schrift. *Gudrun Meyer. Lisa Meyer.* Und zwischen ihm und dem Stein der Nebel seines Atems. Dann brach er zusammen, kniete im Sand und weinte seine Augen leer.

Es dämmerte, als die letzte Träne versiegte. Seine Knie waren steif gefroren. So viel hätte er zu sagen gehabt. Aber kein Gedanke hatte sich zu Worten geformt, die über seine Lippen hätten kommen können. Die Gefühle waren so unaussprechlich, so unerhört, so überwältigend. Eine mondgroße Lawine aus Geröll, die aus den Höhen des Himalajas in den Marianengraben hinabgestürzt war. Und ihn mit sich riss. »Es tut mir so leid«, flüsterte er, »verzeiht mir.«

War es Einbildung? Er spürte eine Hand auf der Schulter, hörte eine leise Stimme in seinem Herzen, die sagte, es wird gut, irgendwann, wenn er nur zurück ins Leben ginge. Er sah eine Hand vor sich, die sich nach ihm ausstreckte. Nicht wirklich, nur ein Gefühl. Mühsam rappelte er sich auf. Seine Knochen schmerzten. Aber über dem Horizont ging die Sonne auf.

16. Tag

Irgendjemandem musste er von der Hand erzählen, jemandem, der ihn nicht für verrückt erklären würde. Die Liste der möglichen Kandidaten war erschreckend kurz. Für einen Moment dachte er an Johannes, aber dann bekam er Lust auf Vanille-Zimt-Tee. Mehr noch als auf Wodka. Fast automatisch lenkte er seine Schritte zur Altstadt, obwohl er sich doch dort nicht mehr blicken lassen sollte. So manches Mal hätte so ein Nein gereicht, um ihn die Stadt wechseln zu lassen, und jetzt nahm er einfach einen neuen Anlauf und fragte sich leise, was mit ihm geschehen war.

Martina lächelte erstaunt, als sie öffnete und sah, wer vor ihr stand. »Rudi, na das ist eine Überraschung.«

»Ich ... ich hoffe, ich komme nicht ungelegen. Es ist nur ...«

»Aber nein, Sie kommen ganz und gar nicht ungelegen. Ich habe nur nicht so bald mit Ihnen gerechnet.«

»Entschuldigung, ich ...«

Sie trat zur Seite und winkte ihn herein. »Mögen Sie Vanille-Zimt-Tee?«

Einen Moment zögerte er noch, fragte sich, ob er nicht doch störte, aber sie lächelte so warm, dass er sich schließlich traute, über die Schwelle zu treten. »Gern.«

Ein paar Augenblicke später fand er sich in Martinas Küche wieder. Sie war sogar noch wärmer als beim ersten Mal. Martina setzte den Wasserkessel auf, holte Brötchen, Butter, Käse und Marmelade aus dem Schrank, goss gurgelnd den Tee auf. Vanille-Zimt-Duft erfüllte den Raum. Mit einer Handbewegung lud sie ihn ein, zuzugreifen.

Rudi schlürfte seinen Tee und versank in Gedanken, bis sie ihn wieder herausholte.

»Sie sehen aus, als wollten Sie etwas erzählen.«

Er nickte und beschloss, mit der Tür ins Haus zu fallen. »Ich war auf dem Friedhof.«

»Das freut mich.«

»Das Grab ist schön. Meine Schwägerin hat sich gut gekümmert.«

»Wie war es für Sie?«

»Schrecklich. Ich … konnte nicht aufhören, zu weinen.«

»So ist es mir am Anfang auch ergangen.«

»Aber dann …«

»Ja?«

»Es war sehr merkwürdig. Ich weiß nicht, wie ich es sagen soll.«

»Was ist geschehen?«

»Ich hoffe, Sie erklären mich nicht für verrückt. Ich spürte eine Hand auf der Schulter. Aber ich war allein, niemand war dort. War ja auch mitten in der Nacht. Und trotzdem, ich habe sie gespürt, als wäre sie echt.«

»Hmm.«

»Haben Sie so etwas auch schon erlebt?«

»Nein, eine Hand auf der Schulter nicht. Aber dass ich getröstet war, obwohl die Trauer mich überrollte, das habe ich schon erlebt.«

»Ist das Gott?«

»Könnte sein.«

»Aber sicher sind Sie nicht?«

»Glauben Sie denn, dass es Gott war?«

»Ich weiß es nicht. Im Augenblick stecke ich in einem ziemlichen Sumpf fest.«

»Ich würde sagen, Sie sind gerade dabei, sich daraus zu befreien.«

»Indem ich nachts auf den Friedhof gehe?«

»Nun ja.« Sie holte tief Luft. »Dafür braucht man Mut. Ich kenne nicht viele, die das schaffen würden.«

»Mich selbst hätte ich bis vor Kurzem auch nicht dazugezählt. Aber so ist das, wenn man lange auf der Straße lebt. Man wird wunderlich.«

»Oder offen für Wunder.«

Er warf ihr einen Blick zu und fand ihre blauen Augen und die leicht geröteten Wangen bezaubernd. Schnell schaute er wieder in seine Teetasse. »Das haben Sie sehr nett gesagt.«

»Darf ich Ihnen noch Tee einschenken?«

»Gerne.«

Ihre Hände berührten sich, als er seine Tasse zu ihr hinüberschob. Beschämt sah er seine schwarzen Fingernägel und zog seine Hand schnell wieder zurück.

Lächelnd stellte sie ihm die gefüllte Tasse hin. »Wenn Sie mögen, dann … ich würde Ihnen auch gerne meine Badewanne anbieten. Ich habe herrlichen Lavendelduft.«

»Ich habe es wohl nötig, was?«

»Nein, ich meine … nur ein wenig.«

»Vielen Dank, aber ich dusche im Pennerkästchen. Es wird Zeit, dass ich mich aufmache.«

»Oh bitte, ich wollte Ihnen nicht zu nahe treten. Es tut mir leid. Das war taktlos von mir.«

»Nein, war es nicht. Es ist die Wahrheit. Ich sollte mehr auf mich achten. Ganz besonders, wenn ich jemanden besuche.«

»So habe ich es wirklich nicht gemeint. Sie sind mir willkommen, so wie Sie sind. Ich dachte nur, na ja, ein heißes Wannenbad würde Ihnen nach der Nacht auf dem Friedhof guttun.«

»Vielen Dank für das Frühstück.« Er sah die Bestürzung in ihren Augen, erhob sich aber trotzdem.

An der Tür reichten Sie sich die Hände. »Bitte kommen Sie wieder, ja? Versprechen Sie es mir.«

Durfte man etwas versprechen, wenn man nicht wusste, ob man es halten konnte? Er senkte den Blick.

»Vielleicht haben Sie ja Lust, Heiligabend in den Gottesdienst zu kommen. Ich gehe in die kleine Kirche in der Mühlenstraße. Kennen Sie die?«

»Bin schon mal dran vorbeigelaufen.« Plötzlich hatte er es eilig, wandte sich ruckartig ab und verschwand auf die Straße. War er schon so weit, Pläne zu schmieden? Würde er überhaupt jemals so weit sein? Alles in ihm fühlte ein Zuspät. Und als wäre es ein Befehl, lenkten seine Füße ihn zum Discounter. Vor der Neonröhre machte er halt. Ein unbändiger Drang nach Wodka überfiel ihn, umkrallte sein Herz mit eisernem Griff. Doch bevor er seinen Fuß über die Schwelle setzte, spürte er wieder die Hand auf seiner Schulter, nur ganz leise, wie einen Nachhall. Aber sie war da. »Schon gut«, flüsterte er, »Vanille-Zimt-Tee schmeckt sowieso besser.« Manchmal verstand er sich selbst nicht, jetzt zum Beispiel, als er einen Teeladen aufsuchte und nach Vanille-Zimt-Tee fragte. Die Verkäuferin lächelte entschuldigend. »Der ist leider aus.«

17. Tag

Er konnte die Nacht nicht draußen verbringen, keine einzige mehr. Nicht ohne Wodka. Und den wollte er nicht. Denn so viel hatte sein verrücktes Hirn endlich begriffen. Es gab nur noch zwei Türen, durch die er gehen konnte: ins Leben oder in den Tod. Aber an der Tod-Tür stand nicht Tod, sondern Wodka. Das war die Tücke, denn auch hinter Wodka stand nicht Tod, sondern Erleichterung. Nur dass die Erleichterung eine dicke Mogelpackung war. Aber daran hatte er nicht denken wollen, als er den ersten Schluck nahm. Und wenn doch, dann hätte es nichts genützt. Es gab Augenblicke, in denen man nur glaubte, was man glauben wollte. Alles andere war idiotisch. Aber jetzt wollte er, dass diese Augenblicke vorbei waren, und die andere Tür wählen. Und er redete sich fest ein, dass er es mit Vanille-Zimt-Tee schaffen könnte. So stromerte er durch die Straßen, bettelte im Kaufhauseingang, besorgte sich in einem anderen Laden den gewünschten Tee und ging rechtzeitig zum Pennerkästchen, um zu duschen, zu essen und zu schlafen. Ein beinahe normales Leben, wäre da nicht diese gottverdammte Elisenstraße gewesen, die wie eine baufällige, unpassierbare Brücke zwischen ihm und dem letzten Schritt durch die Leben-Tür stand. Tagtäglich schlich er um sie herum, mied sie wie der Teufel das Weihwasser und lächelte Schwester Adeline verlegen an, wenn er sie bat, ihm seinen Tee zu kochen. Sie tat es und sie war taktvoll genug, nicht zu fragen, warum. Aber er schmeckte nicht wie in Martinas Küche. Mit jedem Tag, der verging, ging die

Wodka-Tür ein Stück weiter auf, bis er die Schrift darauf kaum noch sehen konnte, und der Drang, hindurchzugehen, übermächtig wurde. Und genau daran dachte er, als er im Speisesaal seine Suppe löffelte und der Grünspund von Sozialarbeiter sich an seinen Tisch setzte.

»Hallo Rudi! Wie gehts?«

»Gut.«

»Ich sehe dich jetzt häufiger. Das freut mich.«

»Warum?«

»Weil es immer ein gutes Zeichen ist, wenn man eine Regelmäßigkeit hat.«

»Ich lebe seit Jahren regelmäßig auf der Straße.«

»Ich weiß. So meine ich das ja nicht.«

»Und wie dann?«

»Dass du vielleicht jetzt doch mal in die Sozialberatung kommen willst.«

»Vergiss es.«

»Warum?«

»Ist eben so.«

»Komm schon, Rudi. Was steckt dahinter?«

»Das willst du nicht wissen.«

»Will ich doch.«

»Was kann einer wie du denn schon für mich tun? Ihr könnt kluge Sprüche klopfen. Das ist alles.«

»Das war jetzt nicht sehr nett.«

Rudi schaute auf seine Suppe. »Stimmt aber.«

»Jemand wie ich kennt Wege, um dir zu helfen.«

»Dass ich nicht lache.«

»Probier's aus.«

»Ich habe es verbockt. Und ich muss selbst sehen, wie ich da raus komme. Den schwersten Gang kann mir niemand abnehmen.«

»Da hast du wahrscheinlich recht. Aber ich kann dein Wegbegleiter sein. Es gibt Dinge, die sollte man nicht alleine auskochen.«

»Bist du jetzt fertig?« Am Gesicht des Grünspunds konnte er sehen, dass er sich von seiner ruppigen Antwort nicht beeindrucken ließ. Er fürchtete schon, dass er weiterbohren würde.

Aber er nickte nur und legte seine Karte auf den Tisch. »Du weißt ja, wo du mich findest.«

Die Suppe schmeckte ihm nicht mehr. Er schob den Teller beiseite, erhob sich und wollte hinauslaufen. Doch er kam nicht an Adeline vorbei.

»Möchtest du Heiligabend zur Christvesper kommen, Rudi?«

»Weiß noch nicht.«

»Morgen, sechzehn Uhr, in der Mühlenstraße.«

»Morgen?« War wirklich schon so viel Zeit vergangen? Hatte er zwei Wochen nichts getrunken? Durchgehalten?

»Ja, morgen. Und anschließend haben wir hier eine Weihnachtsfeier.«

Ohne Antwort ließ er Adeline stehen. Etwas in ihm regte sich, drang aus der Tiefe nach oben. Er wollte es mit der Brücke aufnehmen. Vielleicht war sie doch nicht so marode, wie er dachte. Vielleicht ließ sich darüber gehen. Vielleicht gab es diesen Gott, an den hier alle glaubten, wirklich, und er legte ihm nicht nur eine Hand auf die Schulter, sondern hielt auch eine unter ihn. Er hatte keine Ahnung, aber er wusste auch nicht, wie er den Gang ohne göttliche Hilfe schaffen sollte. Im Augenblick wollte er einfach glauben, dass es sie gab.

18. Tag

Elisenstraße. Weißes Haus mit Säulen. Schwarze Tür. *Redlich und Partner.* Seit einer Stunde ging er vor dem eisernen Tor auf und ab. Die Fenster waren dunkel. Das sah Redlich ähnlich, dass er am Abend vor Weihnachten nicht arbeitete. Sein neuer Partner offensichtlich auch nicht. Mittlerweile waren Rudi die Zehen eingefroren. Seit dem Nachmittag schneite es. Seine Finger umkrallten die Gitterstäbe des Tores, das sich früher täglich für ihn geöffnet hatte, wenn er den Code in die Tastatur an der Mauer eintippte und der Summer den Schnapper löste. Aber heute war es fest verriegelt. Längeres Warten schien sinnlos, und fürs Pennerkästchen war es zu spät, dort bekam er kein Bett mehr. Wütend rüttelte er an den Stäben.

»Rudi?«

Erschrocken fuhr er herum und schaute direkt in Redlichs grünbraune Augen, der mit Tweedmantel, Mütze und Kaschmirschal vor ihm stand.

»Du bist doch Rudi?«

Die Worte blieben ihm im Hals stecken. So konnte er nur irgendetwas brummen.

»Willst du reinkommen?«

Die Frage löste seine Erstarrung. »Da rein?«

»Es wäre der kürzeste Weg.«

Rudi rührte sich nicht. Urplötzlich war er sich schlimmer als jemals zuvor seines entsetzlichen Aufzugs bewusst. So konnte man nicht in ein Anwaltsbüro gehen.

Redlich schien seine Gedanken zu lesen. »Es ist niemand drin. Wir sind schon im Weihnachtsurlaub.

Ich habe das Geschenk für Bärbel vergessen, deshalb bin ich noch mal zurück. Wolltest du zu mir?«

Plötzlich kam er sich schrecklich albern vor. »Nein, ich bin nur … zufällig …«

Redlich konnte entsetzlich gönnerhaft lächeln. Einen Moment fürchtete er, jetzt mit so einem Lächeln bedacht und damit ins Aus gestoßen zu werden, die Brücke unter sich krachen zu hören. Aber Redlich lächelte nicht, er schaute betroffen.

»Wo du schon mal hier bist, nach so vielen Jahren, lass mich bitte nicht noch einmal stehen und gehe mit mir hinein.«

Das war genau das, wofür er gekommen war, was er sich erhofft hatte. Trotzdem rührte er sich nicht. Redlich wartete seine Antwort nicht ab und tippte einen Zahlencode in die Mauertastatur. Es summte und das Tor sprang auf. Redlich schritt hindurch und warf Rudi einen auffordernden Blick zu.

»Hast du Vanille-Zimt-Tee?«

»Ich weiß zwar nicht, wie du auf den kommst, aber zufällig ist es der Lieblingstee meiner Sekretärin. Deshalb lautet die Antwort: Ja, habe ich.«

»Gut.« Es waren nur wenige Schritte durch das Tor, nur ein paar Atemzüge, dann stand er wieder in seiner alten Welt, der Welt, in der er so entsetzlich versagt hatte. Und nichts hier hatte sich verändert. Nur er war ein ramponiertes Puzzleteil mit ausgefransten Enden, das nicht mehr für das Bild taugte. Für den Moment wünschte er sich weg, zurück auf die Straße in seine Nische, dorthin, wo ihn niemand sah. Und er wünschte sich eine Flasche Wodka.

»Vanille-Zimt war richtig, ja?« Redlich hatte die Tür aufgeschlossen und hielt sie für ihn auf.

Warme Luft wehte ihm entgegen. »Ja.« Und flüsternd fügte er hinzu: »Bitte«, klopfte sich den Schnee ab und ging hinein.

»Setze dich in mein ... äh, dein altes Büro. Ich bin sofort wieder da.«

Rudi war froh, erst einmal allein hier zu stehen, auf dem spiegelblanken Fußboden, in der weißen Halle mit schwarzen Schellackmöbeln. Er hatte die Fliesen damals selbst ausgesucht. Sie sollten eine Ewigkeit halten. Links vom Eingang war die Flügeltür, hinter der sich sein Büro verbarg. Sein Herz pochte, als er sie öffnete, tastend suchte er den Lichtschalter – auch hier war alles noch wie damals. Der Schreibtisch stand quer im Raum. In einem Ledersessel ließ er sich nieder, und sein Blick schweifte durchs Zimmer. Es war doch nicht alles wie früher, es war nicht mehr seins, nicht seine Welt. Vom Sessel aus konnte er direkt auf die Straße sehen. Und nicht mal dorthin gehörte er hier.

Hinter sich vernahm er Geräusche, kurz darauf kam Redlich herein und der wohlbekannte Vanille-Zimt-Duft erfüllte den Raum. Das Geschirr auf dem Tablett klapperte beim Absetzen. Redlich hatte auf das teure Porzellan verzichtet, stattdessen die großen Pausentassen herausgeholt. Rudi fragte sich, ob das nun Rücksicht war oder Vorsicht, damit der Penner nicht die guten zerschlug. Der Tee plätscherte beim Einschenken. Redlich reichte ihm die Tasse mit einem Lächeln und Rudi schämte sich für seine Gedanken. Schnell schaute er in den Tee.

»Nimmst du Zucker?«

»Ja. Bitte.« Die gereichte Zuckerdose ließ ihn wieder aufschauen. Ihre Blicke trafen sich. Redlich lächelte nicht. Aber er sah auch nicht verärgert aus, wozu er ja allen Grund gehabt hätte.

»Und?«, fragte Rudi, nachdem der Zucker sich unter Rühren in seinem Tee aufgelöst hatte, »lässt du mich nun einbuchten?«

19. Tag

»Warum sollte ich das tun?« Redlichs Gesicht war unbewegt.

»Weil ich es verdient hätte.«

»Von Gesetzes wegen, ja, da hast du recht. Wenn man seine Schulden nicht bezahlt, kann man mit Beugehaft zur Zahlungsbereitschaft gezwungen werden. Das hier ist aber was völlig anderes.«

Nein, das war es nicht. Es war genau so ein Fall von Verweigerung, den man bestrafen musste.

»Du hattest einen schweren Schicksalsschlag. Jeder hätte Verständnis gehabt, wenn du eine Auszeit genommen hättest.«

»Es war kein Schicksalsschlag. Es war meine Schuld.«

Sie schwiegen einen Moment, bis Redlich sagte: »Wenn wir vor zehn Jahren hier zusammengesessen hätten, dann wäre das heute noch dein Büro.«

»Du hast dir ja alles hübsch unter den Nagel gerissen. Und meine Mandanten hattest du obendrauf.«

»Hier brannte die Hütte. Ich habe versucht, zu retten, was zu retten ist.«

»Prima hingekriegt.«

»Was willst du mir vorwerfen? Dein Haus, die halbe Kanzlei, alles ist unter den Hammer gekommen. Und der Erlös konnte noch nicht mal die Schulden decken. Deine Haftpflicht wollte wegen grober Fahrlässigkeit nicht zahlen. Weißt du, wie hoch die Regressforderungen deiner Mandanten waren?«

»Nein, aber ich nehme an, für die andere Hälfte der Kanzlei hast du nicht allzu viel bieten müssen, um Alleineigentümer zu werden.«

»Was bist du doch für ein blödes Arschloch. Wenn ich keinen neuen Partner gefunden hätte, der sich einkauft, wäre ich auch pleite gegangen. Und das, obwohl es bei mir gut lief. Dagegen sind deine Gardinen und Büromöbel ein Scheiß, falls du darauf anspielst.«

»Ich ... was ... wie hoch sind meine Schulden?«

»Nach dem Verkauf aller Güter waren es noch 50.000 Euro. Inzwischen dürften aber jede Menge Zinsen dazugekommen sein. Da du mit deinem Privatvermögen gehaftet hast, könntest du auch Privatinsolvenz anmelden.«

»Ich habe keinen Wohnsitz.«

»Ich weiß. Warst du beim Grab?«

»Vor ein paar Tagen.«

»Es tut mir sehr leid, was passiert ist. Es ist schrecklich. Ich kann es noch immer nicht fassen.«

»Lisa würde nächstes Jahr Abitur machen.«

»Sie hätte es mit Eins gemacht. Wie ihr Vater.«

»Das blöde Arschloch.«

»Meistens war er ganz in Ordnung. Trinkst du?«

»Nein ... also ... seit zwei Wochen nicht mehr. Ich hatte eine Alkoholvergiftung.«

»Und hast es geschafft, nicht wieder anzufangen?«

»Bis jetzt jedenfalls.«

»Es tut mir sehr leid, was damals passiert ist. Ich habe mir oft Vorwürfe gemacht, dass ich dir nicht behilflich war. Ich hätte dir ja was abnehmen können.«

»Dann hätte ich wahrscheinlich einen anderen Fall gehabt.«

»Wo schläfst du heute?«

»Keine Ahnung. Das Pennerkästchen ist um diese Zeit voll. Ich suche mir eine Nische … Tobias?«

Redlich warf ihm einen Blick zu. »Ja?«

»Es tut mir sehr leid, das alles. Du hast recht, ich bin ein Arschloch. Habe einfach den Kopf in den Sand gesteckt und dir die Show überlassen.«

»Du hättest dir wenigstens helfen lassen können. Schließlich hattest du einen Anwalt.«

Er seufzte. »Was ist aus den Wunderlichs geworden?«

»Sie sind auf ihren Regressforderungen sitzen geblieben und mussten ihr Haus verkaufen.«

»Verdammt.«

Tobias zwinkerte ihm zu. »Ich habe deinen alten Sekretär hier rausgeschmuggelt, unter der Hand verkauft und ihnen anonym einen Scheck über 5000 Euro zukommen lassen. Sie hatten schon genug zu stemmen mit ihrem kranken Kind.«

»Das war sehr anständig von dir.« Die ganze Zeit hatte er den Tee nicht angerührt. So viele Jahre hatte er sich vor der Wahrheit gefürchtet. Jetzt, wo sie ausgesprochen im Raum stand, fiel ihm nichts anderes ein, als seine Teetasse zu nehmen und in einem Zug zu leeren. »Ich werde besser gehen.«

»Wenn du willst, kannst du deine Matte hinten im Gerätehaus aufschlagen. Es ist nicht abgeschlossen.«

»Danke, aber … ja, warum eigentlich nicht.«

»Und wenn ich dir mein Gästezimmer anbiete?«

»Würde ich ablehnen.«

»Das dachte ich mir.«

20. Tag

Tobias hatte ihm noch eine Thermoskanne mit Vanille-Zimt-Tee gekocht, bevor er ihn in die Kälte entließ. Zum Glück hatte er sich den »Kannst du behalten«-Satz gespart. Der Abschied war merkwürdig gewesen. Beide wollten sich nicht auf ein nächstes Mal verabreden, aber ausschließen wollten sie es auch nicht. Es war einfach zuviel Wasser den Berg runtergeflossen und im Raum-Zeit-Gefüge versickert. Im Grunde wusste Rudi genau, wie viel Schwierigkeiten er seinem Partner gemacht hatte. Und das machte es für ihn nicht einfacher. Aber den Tee und die Schlafgelegenheit lehnte er nicht ab, zu groß war die Gefahr, dass er doch noch durch die Wodka-Tür gehen würde.

Am Morgen erwachte er durch ein rhythmisches Dong - Dong - Dong. Kirchenglocken. Fast gespenstisch hallten sie durch die Stille des Gerätehauses. Schlagartig wurde ihm klar, dass Heiligabend war. Und dass er eine Verabredung hatte. Mit Schwester Adeline. Mit Martina. Eilig trank er den letzten Tee, erleichterte sich mit schlechtem Gewissen hinter Tobias' Schuppen – wohin hätte er so schnell auch gehen sollen – und stapfte durch den Schnee zum Pennerkästchen. Schwester Adeline reichte ihm Kaffee. »Ohne Zucker, bitte«, sagte er. Sie hob kurz die Augenbrauen, dann stellte sie ihn wortlos zur Seite und füllte eine neue Tasse.

»Kann ich in die Kleiderkammer?«, fragte Rudi.

Adeline lächelte bedauernd. »Die ist heute nicht auf.«

»So kann ich doch nicht zur Kirche.«

Ihr Blick prüfte kurz seine Kleidung. »Komm nach dem Frühstück noch mal zu mir.«

»Ich würde mir auch gerne den Bart stutzen.«

»Auch das bekommen wir hin.«

Adeline bekam es wirklich hin. Um halb vier stand er geduscht, getrimmt und mit sauberer Kleidung vor der kleinen Kirche in der Mühlenstraße. Er musste sich eingestehen, dass es nicht das Gotteshaus war, das ihn zu diesem Aufzug veranlasst hatte. Es war mehr die Dame, die er hier zu treffen hoffte, von der er sich auf keinen Fall noch einmal sagen lassen wollte, dass er ein Bad nötig hätte. Und jetzt stand er vor dem Zaun, trat von einem Bein aufs andere und wusste nicht, wie er die letzten Schritte über die Schwelle schaffen sollte.

»Rudi?«

Er fuhr herum und schaute in Martinas blaue Augen. »Oh. Hallo!«

»Das ist aber eine schöne Überraschung. Wollen Sie nicht hineingehen?«

»Doch … ich …« Weiß nicht wie, hatte er sagen wollen, doch er wusste, dass es sich schrecklich albern anhören würde. War auch nicht mehr nötig. Martina nahm seinen Arm und schob ihn sanft den Weg hinauf zum Eingang.

»Mein Lieblingsplatz ist vorne rechts. Mögen Sie dort sitzen?«

Er nickte nur und folgte ihr durch die Reihen. Martina führte ihn zum Fenster – zum Glück –, so konnte er den Blick nach draußen schweifen lassen, wenn er nicht wusste, wo er hinsehen sollte, während es um ihn herum immer voller wurde. Klaviermusik riss ihn aus den Gedanken, stimmte ein kräftiges »Freue dich, Welt« an. Seine Lippen blieben stumm, nur seine Ohren lauschten, und in seinem Herzen regte sich der Wunsch, mitzusingen. Ein paar Zeilen des Liedes kannte er sogar, brummte sie leise und traute sich endlich, einen Blick über die Schulter zu werfen. Prompt sah er ein bekanntes Gesicht, musste kurz überlegen, aber ja, es war Johannes. Wie kam der denn hierher? War das etwa auch so ein Gott-Ding, dass er ihm die richtigen Leute über den Weg laufen ließ?

Lange konnte er nicht darüber nachdenken. Der Pastor erhob sich, als das Klavier verstummte, und stieg auf die Kanzel. Einen Moment schaute er in die Runde, nickte freundlich und legte sein Manuskript zurecht. »Gottes Licht«, begann er, »ist kein Scheinwerfer, keine Neonröhre, kein Flutlicht, sondern sanftes Kerzenlicht. Es will entdeckt sein, beschützt und bewahrt. Nur an einem Ort kann diese Kerze entflammen. In unserem Herzen. Das hat Gott uns gezeigt, als er abseits von Trubel und Geschäftigkeit, von Kunst und Kommerz, ein Wunder tat. Er wurde Mensch. In einem Stall. Eine Krippe war sein erstes Lager. Wer reich im Herzen ist, braucht kein dickes Bankkonto, keine Luxuslimousine, keine Villa. Er braucht ein Zuhause. Und das will Gott für uns sein. Ein Zuhause.«

Die Worte trafen ihn. Gott ist in einem Stall? Sein Herz war ein stinkender Stall. Eine Grube aus Schuld und Versäumnissen. Er war ein verwundeter Krieger auf dem Schlachtfeld, keine Kraft mehr, aufzustehen. Und schon gar nicht, irgendwohin zu gehen.

»Gott kommt zu uns«, fuhr der Pastor fort. »Wir können die Tür unseres Herzens für ihn öffnen und ihn hineinbitten. Auch wenn es ein Stall ist.«

Der hatte gut reden. Wusste er, wie schwer es war, jemanden in einen Stall zu bitten? Wenn man nicht einmal im Herzen reich war? Einfach gar nichts besaß? Da spürte er sie wieder, die Hand auf seiner Schulter, warm und fest. Er besaß noch immer sein Leben, sein Herz schlug, er atmete. »Willst du das wirklich, Gott?«, flüsterte er, »mein verkorkstes Trümmerhaufenleben? Was um alles in der Welt willst du damit anfangen?«

21. Tag

»O du fröhliche« riss ihn aus seinen Gedanken. Alle erhoben sich zum Gesang. Noch benommen stand er ebenfalls auf und lauschte den Klängen. Dann war der Gottesdienst vorbei. Die Menschen um ihn herum schüttelten sich die Hände, umarmten sich und manche tauschten Päckchen. Niemand beachtete ihn, und für den Moment war er froh darum. Martina begrüßte Johannes – die beiden kannten sich also auch – und dann stand Johannes vor ihm.

»Mensch, Rudi, altes Haus. Schön, dich zu sehen! Wo hast du die letzten Tage gesteckt? Ich hab dich gesucht.«

»Du hast einen Penner gesucht? Bist du noch bei Trost?«

»Nein, nicht einen Penner – einen Freund.«

Sie schwiegen einen Augenblick. Verstohlen wischte er sich eine Träne weg.

»Was machst du hier? Wo feierst du heute Abend?«, fragte Johannes. »Willst du mit mir kommen? Ich meine, ich könnte fragen …«

Er schüttelte den Kopf. »Nein, nein, ich gehe zur Weihnachtsfeier für Obdachlose. Da gibt es gutes Essen.«

»Aber komm die nächsten Tage bei mir vorbei. Ich muss unbedingt mit dir reden.«

Was mochte Johannes mit ihm zu besprechen haben? Er konnte sich nicht vorstellen, worum es ging, aber es klang eindringlich und so antwortete er: »Jawohl, Chef, ich komme vorbei.«

»Sag mal, Rudi, dieser Schlüssel, den du mir geschenkt hast, wo hast du den her?«

Er zuckte mit den Schultern. »Keine Ahnung. Hab ihn gefunden.«

»Was? Du hast doch so geheimnisvoll getan, von wegen ›der Schlüssel zur Weihnachtsfreude‹ und so!«

»Ja, und? Freust du dich?«

»Na, und ob! Er war hundert Euro wert.«

»Donnerwetter! Und was hast du damit gemacht?«

Johannes grinste. »Verschenkt.«

Er grinste zurück, sie umarmten sich kurz und klopften sich auf die Schulter.

»Schön' Abend noch, Rudi. Ich warte auf dich.«

Er schaute Johannes hinterher, der einer blonden Frau den Arm reichte, einen Jungen an die Hand nahm und sie durch die Menschenmassen hinausmanövrierte. Auch für ihn war es Zeit zu gehen. Martina war in einem Meer aus Armen verschwunden. Er schulterte seinen Rucksack und drückte sich an der Wand entlang nach draußen.

Mittlerweile schneite es heftig. Das Pennerkästchen sollte sein Ziel sein, gebratene Gänsekeulen mit Rotkohl und Klößen warteten dort auf ihn. Er hatte es noch kein einziges Jahr verpasst. Aber heute trugen ihn seine Füße nur bis zum Ende der Straße, dann kehrte er um, lief noch einmal am Gemeindehaus vorbei und weiter in die Innenstadt bis zur Marktkirche. Die Kirche lag im Dunkeln, der Marktplatz war bis auf ein paar Eilige, die sich durch den Schnee kämpften, verlassen. Von der Welt unbemerkt ging er die Stufen hinauf, oben um den Eingang herum und drückte sich in die Nische. Hierhin folgte ihm der Schnee nicht. Er rollte die Isomatte aus, holte seinen

Schlafsack heraus und schlüpfte hinein. Lange würde er darin nicht warm bleiben. Das wollte er auch nicht. Nur ein wenig nachdenken, über sich und sein Leben. Ein Satz aus der Predigt ließ ihm keine Ruhe: dass Gott in einem Stall wohnen würde. Er bekam plötzlich Sehnsucht, diese Hand auf der Schulter wieder zu spüren. Konnte man sie rufen, wenn man sie brauchte? Konnte man Gott rufen, wenn man ihn brauchte? Er hatte daran gedacht, damals, als er die Todesnachricht bekam. Aber er hatte sich nicht getraut. Weil er schuld war. Weil er dieses ganze Unglück losgetreten hatte. Weil das unverzeihlich war. Und dann hatte er Gott die Schuld gegeben. Der Allmächtige hätte es schließlich verhindern können. Das fühlte sich besser an, als selbst schuld zu sein. Nur geholfen hatte es nicht. Er war verdammt, hatte sein Recht, glücklich zu sein, verwirkt. Aber wenn Gott wirklich in Ställe kam … Er wusste nicht, wie er diesen Satz zu Ende bringen sollte. Es war zu unwahrscheinlich, dass Gott etwas mit ihm zu tun haben wollte. Die Hand kam auch nicht, um sich auf seine Schulter zu legen. Dafür gab es eine andere, die sich ihm reichte. Und in die wollte er einschlagen. Heute Nacht. Denn wenn er hierblieb, würde er erfrieren. Und dazu war er nicht mehr bereit.

22. Tag

Der Hauseingang zu Johannes' Wohnung lag im Dunkeln. Seine Nachbarn schienen alle zum Feiern der Heiligen Nacht unterwegs zu sein, auch Johannes öffnete auf das Klingeln hin nicht. Sicher war er bei der blonden Frau. Rudi hockte sich vor die Haustür und wartete. Die Laternen warfen ihre Lichtkegel auf das Schneetreiben, vereinzelt schlichen ein paar Autos durch die Straßen. Die Zeit schien still zu stehen, nur die Kälte, die immer drängender in seine Glieder kroch, verriet ihm, dass die Nacht voranging.

Endlich hörte er Schritte nahen. Für den Moment fürchtete er, es sei nur irgendein Passant, aber er wurde nicht enttäuscht. Es war der Mann, auf den er den ganzen Abend gewartet hatte.

»Mensch, Rudi, sitzt du hier schon lange?«

»Kann man wohl sagen. Meine Füße sind fast erfroren.«

Johannes reichte ihm seine Hand und half ihm auf. »Dann komm mit mir ins Warme.«

Gemeinsam gingen sie hinauf. Ohne zu fragen, ließ Johannes ein Bad ein. Eigentlich war er frisch geduscht, hatte es nicht so nötig wie beim ersten Mal. Aber ein bisschen Pennergeruch haftete ihm wohl immer an. Außerdem war er bis auf die Knochen durchgefroren. Da kam ein heißes Bad mit Tannennadelduft nur recht, während sein Freund etwas zu essen zubereitete.

Aufgewärmt saß er auf dem Sofa und biss in eine Käsestulle. Johannes erzählte, was er mit dem Schlüssel alles erlebt hatte, wie er herausfinden wollte, woher er kam und an den merkwürdigsten Orten Kerzen angezündet hat. Es war dadurch in seinem Leben wieder hell geworden. Auf dem Tisch stand ein Adventsgesteck mit unberührten Kerzen. Rudi zeigte darauf. »Was ist mit denen? Die hast du wohl vergessen.«

»Ich habe sie aufgehoben.« Johannes holte ein Feuerzeug. »Aber jetzt ist es so weit.«

Rudi wusste nicht recht, was ihn erwartete, aber er war froh, von seinen eigenen Gedanken abgelenkt zu sein, und ließ ihn erzählen.

»Jede Kerze hat eine Bedeutung für mich.« Johannes drehte das Rädchen am Feuerzeug. Die Flamme loderte auf. »Die erste steht für Frieden. Ich musste Frieden mit meiner Vergangenheit machen. Na ja, zumindest einen ersten Schritt in die Richtung gehen.«

Frieden mit meiner Vergangenheit, dachte Rudi. *Wie soll das gehen?*

»Das zweite Licht«, fuhr Johannes fort und zündete die Kerze an, »steht für Hoffnung. Ich habe gesehen, dass das Leben weitergehen kann. Irgendwie.«

Rudi schwieg. Hoffnung. Das klang zu schön, um wahr zu sein.

»Das dritte Licht hat zwei Namen. Freude und Liebe. An jenem kalten Abend, als ich dich mit nach Hause genommen habe, da habe ich genau das gesucht – Freude und Liebe – und beides habe ich gefunden.«

»Du hast einen Penner mitgenommen, weil du Freude und Liebe gesucht hast?«

»Klingt verrückt, ich weiß. Hat aber funktioniert.« Johannes machte eine Pause. Dann holte er Luft und zündete die letzte Kerze an. »Das vierte Adventslicht steht für Glauben. Ich habe meinen Glauben aus Kindertagen wiedergefunden, erlebt, dass Gott mir mit Liebe und offenem Herzen begegnet.«

Der Raum wurde durch den Schein der Kerzen heller. Rudi räusperte sich. »Gibt es solche Adventskerzen auch für Penner?«

»Nein«, antwortete Johannes grinsend, »für Penner gibt es Adventsscheinwerfer. Kerzen würdet ihr übersehen.«

Er nickte. »Ja, ja, schon klar.«

»Nee, jetzt mal im Ernst. Ich wollte dich retten, aber die Wahrheit ist, dass du mich gerettet hast.«

»Wie meinst du das?«

»Ohne deinen Schlüssel wäre das alles nicht in Gang gekommen. Ist doch nur fair, wenn für dich auch was dabei herausspringt.«

»Und woran denkst du?«

»Bleib bei mir, Rudi. Du kannst bei mir wohnen, versuchen, wieder Boden unter die Füße zu bekommen. Wenn du einen Wohnsitz hast, findest du vielleicht einen Job. Was sagst du?«

»Du bist verrückt. Deine Wohnung ist doch viel zu klein. Keine drei Tage und wir gehen uns auf den Keks.«

»Kann sein, aber wir sollten es versuchen. Außerdem werde ich nicht mehr so oft zu Hause sein, vielleicht brauche ich bald eine andere Wohnung. Dann hast du den Platz für dich allein.«

»Redest du von der Frau, mit der du in der Kirche warst?«

»Genau von der rede ich. Du hast mir den Schlüssel zur Weihnachtsfreude geschenkt. Schon vergessen?

Was du nicht wusstest, war, dass er die Freude nur aufschließt, wenn man ihn weitergibt.«

»Das habe ich getan.«

»Dann schlag ein.«

Er zögerte. Konnte es sein, dass sein Pennerdasein hier und jetzt ein Ende fand? Dass die Tür zum Leben sich für ihn öffnete und die Wodka-Tür sich schloss? Es klang noch zu schön, um wahr zu sein. Aber die Aussicht, die nächsten Nächte auf diesem Sofa verbringen zu können, war sehr verlockend. Außerdem könnte er sich ohne Pennerdunst noch einmal bei Martina blicken lassen.

»Also, was sagst du nun?«, fragte Johannes.

Rudi hob seine Tasse. »Ich sage Ja. Frohe Weihnacht!«

Johannes hob seine Tasse ebenfalls und der Klang beim Anstoßen besiegelte ihre Freundschaft. »Frohe Weihnacht, Rudi!«

23. Tag

Es war sehr merkwürdig, morgens aufzuwachen und nicht gehen zu müssen. Er war trotzdem gegangen, hatte aber Schlafsack und Isomatte bei Johannes gelassen. Die Welt war eingeschneit, die Straßen ruhig, die Menschen blieben in den Häusern, bis auf einige wenige, die auch am Feiertag arbeiten mussten. Und dann gab es welche, die am Feiertag arbeiten wollten. Eine davon war Schwester Adeline. Mit einem warmen Lächeln reichte sie Rudi seinen Kaffee.

»Milch und Zucker?«

»Nur Milch bitte.«

»Wo warst du gestern? Du hast doch bei dem Wetter nicht draußen geschlafen?«

»Nein, nein, ich hatte ein warmes weiches Bett.«

»Es ist noch Gänsekeule da, geh nicht so schnell wieder weg. In einer halben Stunde teilen wir aus.«

»Klingt gut.« Er suchte sich einen Platz am Fenster. Es war ein Abschied. Auch wenn er wusste, dass er hier jederzeit willkommen war, würde es nicht das Gleiche sein. Ein wenig von ihrer Hilfe brauchte er noch, Kleidung, eine Decke für die Nacht, ein Kissen. Der größte Brocken war jedoch das Amt, sich wieder registrieren lassen, Farbe bekennen. Nicht weglaufen. Plötzlich schien es gar nicht mehr so erstrebenswert, eine Wohnung zu haben.

»Hallo Rudi!«

Er fuhr herum. Vor ihm stand der Grünspund. »Was machst du denn hier? Hast du nicht frei?«

»Klar habe ich frei. Ich bin privat hier. Darf ich mich setzen?«

»Und wenn ich Nein sag?«

»Du machst es mir nicht gerade leicht.« Er setzte sich ihm gegenüber.

»Und du lässt nicht locker, was?«

»Nicht, wenn ich sehe, dass es noch Hoffnung gibt.«

»Liegt wohl an Weihnachten. Da hoffen doch alle.« Er biss sich auf die Lippe, wusste er doch selbst nicht, warum er sich so abweisend diesem jungen Mann gegenüber verhielt. Vielleicht, weil er durch ihn daran erinnert wurde, dass er selbst mal als Rechtsanwalt für die Rechte anderer Menschen gekämpft hatte, und nun hilfsbedürftig an diesem Tisch saß und kostenlosen Kaffee trank.

»Was ist dein größtes Problem?«

»50.000 Euro.«

»Privatinsolvenz?«

»Keine Ahnung. Kannst du das machen?«

»Ich kann dich an einen Schuldnerberater vermitteln.«

»Gut.«

»Ist etwas passiert, dass du es jetzt willst?«

»Ich habe eine Wohnung.«

»Herzlichen Glückwunsch. Wie bist du dazu gekommen?«

»Keine Ahnung. Erzähl ich ein andern Mal. Ist auch erstmal nur ein Sofa, auf dem ich schlafen kann.«

»Das freut mich zu hören. Dann ist dein zweitgrößtes Problem schon gelöst.«

»Vorläufig, ja. Bleibt noch das dritte.«

»Und das ist was?«

»Wodka.«

»Wie lange bist du trocken?«

»8.12. Bin auf Tee umgestiegen.«

Der Grünspund lachte. »Hat sich schon rumgesprochen. Eine gute Wahl. Soll ich dich für einen Therapieplatz anmelden?«

»Weiß noch nicht. Vielleicht komme ich erst mal in deine Sprechstunde.«

»Bitte sehr. Meine Karte.«

Er ließ sich das Kärtchen in die Hand drücken. Der Grünspund hieß also Mirco Klein. Passte irgendwie zu ihm. »Na dann bis Dienstag, Mirco. Aber erst nächstes Jahr.«

»Ganz in meinem Sinne. Wir sehen uns.«

Sein Kaffee war nun kalt geworden. Noch überlegte er, einen neuen zu holen, da erschien Schwester Adeline mit einem Gänsekeulen-Rotkohl-Teller und setzte sich auf den leer gewordenen Platz.

Er warf ihr einen Blick zu. »Wie ist das, wenn ich nicht mehr obdachlos bin, darf ich dann trotzdem zum Mittag kommen?«

»Ich bestehe darauf. Du hattest doch nicht vor, uns hier zu vergessen?«

»Niemals. Ohne euch hätte ich es nicht geschafft. Ihr seid die warme Seite meines Winters.«

Adeline drückte seine Hand. Sie antwortete nicht, aber als er aufsah, hatte sie Tränen in den Augen. Und da musste auch er sich mit dem Ärmel übers Gesicht wischen.

24. Tag

Insgeheim nahm er sich vor, jedes Jahr Weihnachten im Pennerkästchen zu feiern. Aber bevor er Pläne für die Zukunft schmieden konnte, musste er sein Heute noch sortieren. Adeline hatte ihm die Kleiderkammer aufgeschlossen. Er durfte sich neu eindecken und jetzt, wo er sicher war, dass ihm der Pennergeruch nicht mehr anhaftete, traute er sich, einen Besuch zu machen, den er einfach nicht von seiner Liste streichen wollte. Also lenkte er seine Schritte noch einmal durch die Gassen der Altstadt zur Nische und klingelte am Haus gegenüber. Sein Herz pochte wild, fast fürchtete er, es würde ihm zerspringen. Nach einer gefühlten Ewigkeit öffnete sich die Tür, und er schaute in die erhofften blauen Augen, die auch noch zu lächeln begannen, als sie ihn erblickten.

»Rudi, wie schön. Ich hatte befürchtet, Sie nicht mehr wiederzusehen. Wohin sind Sie Heiligabend so schnell verschwunden?«

»Ich ... na ja ... Sie waren sehr beschäftigt.«

»Das stimmt leider.« Sie trat zur Seite und forderte ihn mit einer Handbewegung auf, hereinzukommen.

Es fühlte sich gut an, wieder über diese Schwelle zu treten. Er hatte sie sich erobert, die Dämonen in seinem Inneren bezwungen.

»Vanille-Zimt-Tee?«, fragte sie mit einem Augenzwinkern.

»Ja, bitte.«

Küchen hatten ihren ganz eigenen Geist und Martinas einen sehr besonderen. Vielleicht waren es ja die Lavendelsträuße an den Wänden, die ihn immer wieder hierherlockten. Aber er wusste es besser, brauchte nur eine der Ausreden, zu denen man greift, wenn man sich die Wahrheit noch nicht eingestehen will.

»Sie sehen gut aus«, sagte Martina und stellte Tee und Gebäck auf den Tisch.

Der Duft erfüllte den Raum. Er schlürfte seinen Tee und stellte fest, dass er nirgends so köstlich schmeckte wie in dieser Küche. »Darf ich Sie was fragen?«

»Oh, bitte, gern.«

»Wollen wir nicht … ich meine … du sagen?«

Ihre Blicke trafen sich. Sie sah aufrichtig erfreut aus, nickte aber nur zustimmend. Eine Weile rührten sie beide in ihrem Tee, es war wie eine geheime Absprache.

»Wie hat dir die Christvesper gestern gefallen?«, fragte Martina.

»Sehr schön. Aber besser war das, was danach kam. Eigentlich wollte ich zur Weihnachtsfeier ins Penner-kästchen.«

»Eigentlich?«

»Na ja, ich habe es mir anders überlegt und bin zur Marktkirche gegangen.«

»Bei dem Wetter? Aber da war doch niemand.«

»So wollte ich es. Musste nachdenken. Anschlie-ßend bin ich zu Johannes – du kennst ihn, ich habe euch in der Kirche zusammen gesehen.«

»Ich wusste nicht, dass ihr euch auch kennt.«

»Noch nicht so lange. Aber er hat mir angeboten, bei ihm zu wohnen.«

»Wirklich? Der Gute. Als Kind war er in meinem Kindergottesdienst. Ich habe schon immer gewusst, dass mal was aus ihm wird.«

Rudi nahm einen Schluck Tee und biss in einen Keks. Es fiel ihm schwer, sie nicht unentwegt anzustarren, zu zart war der Augenblick, zu groß die Gefahr, dass er zerbrach.

»Und? Was hast du ihm geantwortet?«, fragte sie.

»Ich habe zugestimmt. Bin zwar heute Morgen schon wieder abgehauen, aber mein Schlafsack ist noch dort.«

»Das heißt, du bist nicht mehr obdachlos.«

»Ja, das heißt es. Und im neuen Jahr gehe ich zur Schuldnerberatung, damit ich mein altes Leben aufräumen kann.«

»Und wie ist es mit Alkohol?«

»Keinen Tropfen seit ich im Krankenhaus war. Mirco Klein, der Sozialarbeiter aus'm Pennerkästchen, besorgt mir einen Therapieplatz.«

»Das ist beachtlich. Wie hast du das alles in so kurzer Zeit geschafft?«

»Ich weiß nicht. Alleine hätte ich das nicht hinbekommen. Aber dann habe ich diesen Schlüssel gefunden. Damit konnte ich bezahlen und alles nahm seinen Lauf.«

»Deine Frau und deine Tochter, sie wären sehr stolz auf dich. Da bin ich mir sicher.«

Er senkte den Blick. »Darüber muss ich noch nachdenken.«

»Nun, wenn nicht an Weihnachten, wann dann?«

»Jedenfalls stimmt es. Gott kommt in Ställe. Er war sich nicht zu gut, in den Stall meines Lebens zu kommen.«

Martina warf ihm einen Blick zu. »Da haben wir was gemeinsam.«

Er lächelte. Es klang gut, etwas gemeinsam zu haben mit dieser Frau. Aber das war noch zu schön, um wahr zu sein. So flüchtete er sich zu seiner Teetasse und prostete ihr damit zu. »Na dann, frohe Weihnacht!«

Sie hob ihre Tasse und stieß mit ihm an. »Frohe Weihnacht, Rudi.«

Leseadventskalender
von Paula Roose ...

Wunder kommen leise

»Seine Worte stachen mir ins Herz. Ich spürte, dass er recht hatte. Ein Penner weniger machte für diese Welt keinen Unterschied. Aber für ihn machte es einen Unterschied, wie sich die Welt zu ihm verhielt. Und die Welt, das wurde mir unbequem klar, war in diesem Augenblick ich.«

An einem nasskalten Abend in der Adventszeit nimmt der gescheiterte Geschäftsmann Johannes Bublitz den obdachlosen Rudi mit zu sich nach Hause und bewahrt ihn so vor dem Erfrieren. Dieser bedankt sich mit einem vergoldeten Schließfachschlüssel. Johannes macht sich auf, das Geheimnis des Schlüssels zu lüften. Was als kleines Abenteuer beginnt, wird zu einer Reise in seine Vergangenheit und öffnet ein Fenster in eine bessere Zukunft.

Es ist eine Geschichte vom Scheitern und Neubeginnen. Und vom Glauben an Gott, in Kindertagen wie im Erwachsenenleben.

Ein Leseadventskalender für Erwachsene

ISBN 9783744893527

Die Notwendigkeit von Schnee

»Wunder kommen leise« Band 2

»Sie hatte doch nur mit dem Finger in einen Teich getippt und ein paar Ringe über das Wasser schicken wollen. Nun war eine Flutwelle losgetreten. Und das alles wegen dieses verdammten Schlüssels …

Warum hat Sandras Mutter ihr die todbringende Krankheit verschwiegen? Jetzt steht sie mit ihren Fragen am Grab, verlassen vom Ehemann und zerrissen zwischen staatlich verordnetem Sparzwang und dem Wunsch, ihren Kindern eine gute Mutter zu sein. Ausgerechnet in der Vorweihnachtszeit verliert sie ihre Geldbörse und macht damit die Katastrophe vollkommen.

Doch dann schenkt ihr ein Fremder einen goldenen Schlüssel. Was zunächst nur ein wenig Geld in ihre Kasse spülen soll, flutet schon bald ihr Leben — mit Antworten einer ganz anderen Art.

Eine Geschichte von Trauer und Hoffnung. Vom Glauben an das Leben und vom Glauben an Gott.

ISBN 9783744888295

Ein Platz für dich

Ostpreußen 1909. Das Dienstmädchen Marie ist schwanger, aber ihr Geliebter Karl wollte Spaß und keine Verantwortung. Die Gutsbesitzerin erklärt, dass ein Bastard in ihrem ehrbaren Haus nicht erwünscht ist.

Marie muss ihr Kind ins Waisenhaus geben, wenn sie ihre Stelle behalten will. Aber das kennt sie aus eigener leidvoller Erfahrung ...

Ein Leseadventskalender für Erwachsene

ISBN 9783752895711

Arvid und das uralte Versprechen

Wenn nur diese Römer nicht wären! Dann hätte Arvids Vater nicht seinen ganzen Besitz verloren und Arvid müsste nicht vor den Toren von Betlehem sitzen und Schafe hüten. Viel lieber würde er in die Synagogenschule gehen. Zum Glück gibt es seinen besten Freund Nathan. Doch treffen können sie sich nur heimlich. Nathans Vater sieht es gar nicht gerne, wenn sein Sohn mit einem Hirten spielt.

Wenn diese Römer nicht wären, dann gäbe es keine Volkszählung. Nur weil der Kaiser mehr Steuern will, ist ganz Israel unterwegs.

Das kümmert Arvid wenig, bis er ein junges Paar sieht, das keine Unterkunft findet. Dabei ist die Frau hochschwanger.

Wenn nur dieser Streit mit Nathan nicht wäre! Dann hätte Arvid nicht so schlechte Laune und dem jungen Paar geholfen. Soll sie ihr Kind auf der Straße bekommen? Das will Arvid dann doch nicht zulassen. Um zu helfen, braucht er Nathan. Aber der ist nirgends zu finden.

Ein Leseadventskalender für Kinder ab 10 Jahren

ISBN 9783752895681

Besuchen Sie Paula Roose im Internet:
www.paula.roose.de